高澤武司遺稿集

鄙《ひな》の礫《つぶて》

高澤武司

中央法規

高澤武司遺稿集

鄙の礫

はじめに

時代の混沌も、わが身の混沌も、哂《わら》って過ごすことができたかもしれない。

ただ、その混沌を愚直に溜めこみ、時に突如、暴発すればそれでよいものかどうか。


いやしくも、〝曠日弥久《こうじつびきゅう》〟（無為に過ごす日々）への憧れなどなかった。

しかし、そのような為体《ていたらく》に図らずも落ち込んでも、それに抗うに足るレジリエンスの片鱗を探し出すことは可能だ。それにしても、安逸と放縦、または自虐と逃避に流れやすいのは、老いのためだけであろうか。


そんなとき、晩節の淵に見る生息の痕跡を点描することにも意味があるかもしれない。

薄暮の鄙《ひな》にも、混沌のなかで息をしている意気地はありうる。


時代の混沌なのか、わが身の混沌なのか。

かのレヴィ゠ストロースは、民俗学の作業を構想するときには、あらかじめマルクスの『ルイ・ボナパルトのブリュメール十八日』の何頁かに必ず目を通したという。フランスと哲学さえも捨てて、ブラジルの原野の奥地に潜り込んだことが、ただの終焉ではなく驚くべき嚆矢《こうし》となった。

遥か昔、Ｊ・Ｊ・ルソーは、亡命と迫害の果てに鄙に隠遁した。その後に書き上げた『孤独な散歩者の夢想』を読んでみて、白首《はくしゅ》の自分のさまに気づくことになった。何かの教訓を得ようと期待でもしたのだろうか。その書は、ただの愚痴が綿々と並んだ散文でしかないと、他人事のように、揶揄することはできなかった。

誰の場所にも、時に混沌が見えることもあるし、時にまるで見えない場合もある。

混沌から逃れようとして、眺望のきく平坦な場所を望んでも、今は存在しない。

〝坂の上の雲〟という情景比喩には、確かに、広々としたロマンが漲っていた。

しかし、上空に見える白く大きな雲を仰ぎ、急坂を下りきる手前で、次の登りの険しさのすべてが見えても、その急坂を登りきる直前には、次にくる下りの情景のすべてを見ることはできない。今となっては、繰り返し続く坂は、紛れもなく未知の坂である。

たとえ未知であっても、逃れられない今現在の場所だけが、自分の場所なのだ。

夜半、ふと眼が覚めた。自分の吐息が聞こえた。

混沌にも、必ず終わりがあるだろう。

目次

I　辺境の息

II　越境の息

I

辺境の息

長生きには、悪いことばかりがあるとは限らない

中途半端の効用について

挑戦でも逃避でもなければ、辺境への憧れは、半分以上は嘘かもしれない。

歳をとっても倦怠と弛緩に襲われることもなく、さりとて興奮もなく、日々が犬の散歩の繰り返しの平穏のように過ぎている。ことさらに極度の精神の緊張の場を求めないと自分が持ち堪えられない、というような強迫観念もなくなった。遠い昔、自分を限界状況に曝してみなくては、というような気障《きざ》ったらしい気分が、若い頃にはあったような気もする。当時、自分のなかにある怠惰な本質への嫌悪感が、そうさせていたのかもしれない。

「自分について多くを語ることは、自分を隠す一つの手段でありうる」というニーチェの箴言《しんげん》（武山道雄訳『善悪の彼岸』新潮文庫　一一七頁）もあるが、今さら、この覚知《かくち》の意味づけはどうでもよい気もする。ただし、私にも多少の思想的混乱と迷いはあるにしても、救いようのない漂流が始まってしまったわけでは決してない。

こんな書き出しと表題となったのは、田舎のようでいて都市のような不思議な地方空間にしばらく住んでみて、私の人格がとてもマージナルな傾向を帯びてきていることに気づき始めたからである。そして、妙に刺激的な本に遭遇していた最近の記憶に辿りついた。

I・ブルマ&A・マルガリート（堀田江理訳）『反西洋思想』（新潮新書）、この本は、直接的にはニューヨークの9・11テロが動機となっているが、頭がくらくらするほどの壮大な構図で西洋と東洋の出会いと衝突が、〝オクシデンタリズム〟（“OCCIDENTALISM — the West in the eyes of its enemies” 2004）、という概念で展開され、都市文明の普遍性が独善的に田舎文化を侵食していく深い溝を掘り当てようとした。要するに、西洋に震源をもつ田舎の〝西洋嫌い〟という深層の探索である。

私の古い知り合いに、コカコーラを絶対に飲まない人がいた。コーラが嫌いなのではなく、単にアメリカが嫌いだからという理由であった。〝オクシデンタリズム〟は、広く西欧文明の投射を敵対的対象としているが、古くはフランスの普遍性をプロイセンの情念が愛憎の標的にしたように、現代の標的はアメリカに向けられていることが多い。その典型が、イスラム原理主義の底流であろう。しかし、その世界的広がりでいえば、わが国の場合には明治維新期の西欧化の模倣とその後の「西欧の超克」という変形によって、昭和期の「桜」の固有文化に復古的に突入していった、という過去がある。

「桜」は、桜でしかない。しかし、「桜」は、同時に特攻隊のシンボルでもあり、勇ましそうに見えたパイロットたちは、大概のところ文科系の知的エリートであった。

自分の居場所の対極に何を見るか。自分の居場所が浮遊していれば、確かに対極も定まらない。「都市」文明に普遍的な知と効率のメカニズムを求め、その行き着く先で精神の飽和と病理に気づいて、土着習俗、土の醗酵、森の香りが懐かしくなって、ありのまま素直に「田舎」に戻る。その両極を同時に済ますことができる場所があってもよいではないかと、ふと考えながら、東北の中都市に住む自分の足元を確かめ直すことになった。

揺れのない凡庸、それが〝ありのまま〟中途半端という、今の私の位置であるらしい。

場所

相撲の興行のことではなく、ここでは、拠って立つ地理的なロケーションを意味する。

人が頭に思い描く〝場所〟には、さまざまな意味合いがある。現在地についてのサイトの位置を示すとも限らない。過去の足跡を辿ってみることで自己のアイデンティティの形成の確かさを知る回想の場所、〝ある場所〟にまつわる知人の顔が思い浮ぶ地縁の交友、そして、これから訪ねてみたいと願いながらも手も届かないような羨望の地など、単に〝場所〟というものが意味する象徴には、改めて掘り起してみると不思議な感動を誘うものらしい。

この兆候は、多分、ある年齢に達しないと起こらない。場合によっては、死の予感が必要かもしれない。また、執拗さとか教養の下地と蓄積も求められる。

野間文芸賞を受賞した誉れ高い自伝的小説、瀬戸内寂聴『場所』（新潮文庫）には、一四箇所の場所が出てきて、回想と現地探訪が混在して描かれている。雑誌連作の最後の場所、〝本郷壱岐坂〟について書いたのは七八歳の時であった。場所にかかわるすべての知人は、すべてこの世の人ではなくなっていた。「私は屋上で風に四方から包みこまれながら、11階の窓辺に押し寄せてきた深夜の風の号泣の声を思い浮かべようとしていた。…………ふいに近づいてきた風が私の墨染めの衣の袖をなぶり、掛けた赤い輪袈裟を吹き飛ばしそうにした。

あわててそれを両手で押さえこみながら、彼らのいる場所へ、いつになったら私はたどりつけるのだ

ろうかと、風に訊いていた」（三三三頁）

瀬戸内が出家して平泉中尊寺で得度したのは五一歳、後に死んだ〝男〟を置いて〝本郷壱岐坂〟の書斎を去ってから二八年後の〝場所〟への回帰である。この場所を去るとき、瀬戸内は、出家を羨ましがる〝男〟に「出家とは、生きながら死ぬことよ」（三三二頁）と言った。

考えてみれば、私も住居を転々と変えた。しかし、転居の数が二桁に達するほどでもないのに、場所についての微細な描写と考察を瀬戸内のように真似ることは、私にはできない。ここには、作家と凡人との違いもあろうが、瀬戸内の凄さは、その全部を改めて訪ね歩いて作品に仕上げていたところにある。私にしても、歳の為せる所行か、知らず知らずのうちにいくつかは度々訪ね歩いていたようだが、脳に散漫として沈殿しているだけだ。

別の意味で、場所の一点に絞って、六二人の人たちとの交友を記したエッセイに、今は亡き加藤周一の『高原好日』（ちくま文庫）を思い出す。〝高原〟とは、信州浅間山麓のことである。戦前から浅間山麓、とりわけ軽井沢一帯は、毎年夏になると著名人の避暑地となり交友の場所としても賑やかだ。私などが入り込める場所では決してなかった。

異色は、この六二人の中に、〝佐久間象山《ぞうざん》〟（「しょうざん」とも）が登場し、なんと九・一一テロや世界情勢について議論している例外である。〝象山〟は、「因果論的連鎖をさかのぼればきりがない。どちらの側も自分に都合のよい所で連鎖を切って、相手が始めたということにするのだ」と言いきったそうだ。時は、八月某日深夜、所は信州松代の元大本営跡とのことであった。

私にもできそうだ、とふと感じた（が、〝身の程を知れ〟という声が聞こえて諦めた）。

郷夢の戦中戦後

時々、時計の針をある時点に戻したくなっている。

一九四五年四月一三日、東京・田端は、Ｂ29の絨毯爆撃で全焼した。その時点で、ふるさとを想う〝郷夢〟は、実体が消滅している。

私は、田端で生まれた。成人する前に両親・きょうだいを全部失って孤児となったが、それは敗戦後であって戦災孤児ではなかった。ふつう戦災孤児は、親戚縁者が引き取ってくれない限り、焼け跡の浮浪児の状態から犯罪少年となるか、または施設収容児童となるかのどちらかの路をとるしかなかった。私は、敗戦の前年の四月新学期から信州の叔父の家に縁故疎開した。だから、東京の浮浪児になる可能性はなかった。東京上空のＢ29は知っているが、田端の戦災は両親から疎開先への電話で知った。

敗戦直後、戦禍を逃れて叔父宅に逃げてきていた両親とともに、田端の焼け跡に戻るかどうかを調べるために、焼け跡に住み続ける知人〝宅〟を訪ねたことがあった〝半地下住居〟という今まで見たこともない棲家が目に焼きついている。防空壕の上に焼け残ったトタン板を乗せただけの、子どもの目には一見楽しげな〝冒険ごっこ〟とも勘違いできる手作りの住居だった。多分、そのような住宅の惨状を見て、両親は東京に戻ることを躊躇し、田舎住まいを続けることになってしまったと思われる。

数年後に、両親と死別してしまった私は、まだ幼すぎて、この再起不能の詳しい事情を聞かずじまいとなってしまった。そして、両親が田端の戦禍をどのように逃げ惑ったかも、私は知らない。それだけでなく、つい最近まで、私は知ろうともしなかった。

〝郷夢〟の転機の訪れは、ある自伝小説（エッセイ）からやってきた。吉村昭『東京の戦争』（ちくま文庫）である。吉村は、次のように書く。

「四月十三日、日暮里の町に大量の焼夷弾が投下され、家も焼けた。記録によると来襲したB29は三百三十機で、広範囲に焼夷弾二〇三七・七トンを投下したという」（一九五頁）「私の生まれ育った町は、その夜、永遠に消滅した」（二〇二頁）「初めに眼にしたのは、牛の死体であった」（二〇四頁）

3月10日の東京大空襲は、あまりに有名で、田端もその日とばかり思い違いをしていたが、この自伝エッセイを読み、日付の迂闊な誤りに気づいてから、何かと渉猟《しょうりょう》が始まった。しかし、今のところ、吉村の詳細な記録を超えるものは見つからない。ただ一つ、迫真の記録は、獄中の宮本賢治に宛てた百合子の四月一七日付の便りであった。検閲を潜り抜ける周到な空襲の報告は、また別の滝野川周辺の当事者の空襲記録でもあった。

「千駄木の裏のわたしたちの愛すべき小さな家も遂になくなりました」「学校側は竹垣一つです。あと焼跡。ですからこんどは逃げる場所は到ってひろくなりました。広いわ、実に実にひろうございます」（宮本百合子『獄中への手紙』）

余裕なのか思い遣りなのか、憶測はしたくない。

残り少ない戦前のモノクロ写真のうち、私より先に旅立った家族と田端の家の前で撮った写真を並べ、妙な気分になって、私はいつまでも眺めていた。

六月四日に生まれて

誕生日は、自分では選べない。私は、一九三四年六月四日に生を受けた。

最近の産婦人科医は、診療時間の都合にあわせ薬物を用いて陣痛をコントロールするらしいが、あまりいただけない時間管理のやり方である。また、自然に任せたお陰で、大晦日が誕生日となって、わが孫の一人が親を恨んでいたが、これは誕生日〝祝い〟の独自性が薄められていることの抗議にすぎない。

いずれにしても、自分で選べない誕生日であるために、後々妙なめぐり合わせで、誕生記念の脈絡が途方もないところに飛んでしまうことが、誰にもあるかもしれない。

トム・クルーズ主演の話題作『7月4日に生まれて』は、アメリカの独立記念日に生まれた誇りある兵士がヴェトナム戦争で負傷した戦争体験を経て、下半身障害の帰還兵として反戦活動家になっていく実話の映画化であった。苛烈なヴェトナム戦争を非情に描いたオリバー・ストーン監督の『プラトーン』の、いわば続編である。

同じ日の一ヶ月前の六月四日は、実は、一九八九年までは、単に「虫歯の日」または「ムシの日」にすぎなかった。今や、この日は、「天安門事件」の日として、中国にとっては「文化大革命」と並んで記録から消し去りたいほどの歴史に汚点を残した日となっている。私にとっても、虫歯が体制問題に一足飛びに眺ねて、安逸の誕生日が吹き飛んでしまった。

いわゆる「天安門事件」は、通常、一九八九年六月四日の日付で理解されている。しかし、一九八七年に失脚した改革派の胡耀邦《こようほう》の追悼行事が、四月に行われ、その延長で大衆運動が起こった天安門広場での武力弾圧が「六・四」である。そのため、六月四日の天安門事件を「第二次天安門事件」といい、その淵源《えんげん》である文化大革命批判への大衆抗議（一九七六年）の事件を「第一次天安門事件」という。物事は常に突然起こるわけではないという意味では、よほどのことがない限り、特定の日付にはあまり意味がないともいえる。

ということで、遠い過去に遡って、六月四日という日を詮索する意味も乏しい。ただ、暇つぶしとはいえ、同じ日に一六一五年、大阪夏の陣で豊臣家が滅亡し、一九三七年には第一次近衛内閣が発足したことを知って、妙な気分となったことは確かである。どうせなら、自分の誕生日と重なる出来事は、他愛のない出来事であった方が楽しい。

そこで、一九三四年六月四日の新聞各紙も調べてみた。京都の大学の教員をしている元学生にコピーを送ってもらうという迷惑までかけて、また道楽に逸脱したようだ。ただし、正直いって、戦前の新聞の裏の〝裏〟を読み取るのは並大抵の所業ではない。実は、前年に、ドイツでヒトラー内閣が成立しているが、その続報と論評を一日だけの日刊紙では知ることはできなかった。前年ついでにいえば、一九三三年には、宮沢賢治が「雨ニモ負ケズ……」を書いた直後に生涯を閉じた。また、同じ年に生まれた久世光彦が、奇しくも『一九三四年冬―乱歩』という、江戸川乱歩を主人公にした絶妙な味の小説〝中〟小説を書いている。

後で知ったこととはいえ奇遇といえば奇遇だが、私には何か深く感じるところがあっても、よそ様にとってまったく無意味な出来事の年代記ではある。

「自分史」の罠

「自分史」ブームが続いた。出版詐欺まで起こった。

数多《あまた》の自伝や証言録を集め、または渉猟《しょうりょう》した上で、昭和史研究の第一人者である保阪正康は、「昭和史のなかでのある状況を共有している者たちは決して自伝を書かない」という。そして、「自伝を書くことは身をきることである」（『自伝の人間学』新潮文庫）とも言った。自分を曝け出すだけでなく、周囲の他人をも曝け出すことになるからである。

したがって、私も「自分史」は絶対に書かない、と言いたいところだが、紛《まが》い物というか、それに近いものを私は二〇〇七年に公刊した。しかし、それは、決して「自分史」ではない。というよりも「自分史」でさえない。もっとも長い季節を生きていた肝心の研究者としての期間について、ほとんど何も書いていない、いや書けなかったからである。

大部分の出版されている「自分史」は、自叙伝、回顧録のような性格のものが多いが、なかには懺悔録や暴露・告発本のように自傷・他傷を意図したものまである。

しかし、「自分史」の怖さは、そういうところにはない。

誰でも「半生記」を書くことができるが、完全な「自分史」を書くことはできない、という問題である。人間は、死の瞬間まで社会とかかわって人生を演じきっているのであり、その何年、何十年の経過を死の瞬間において自評することができない。ただ可能なのは、近くにいる誰かに「ありがとう」と細々と呟くことくらいであろうか。それはそれで、立派な締めくくりではあるが、自分ではその意味について書くことができない。

私も、著名な人の伝記ものをいくつか持っているが、偶然とはいえ、最近とても気になっている一冊の本が頭から離れないでいる。一つは、鶴見俊輔の『期待と回想』（朝日文庫）、もう一つが林健太郎『昭和史と私』（文春文庫）である。どちらも幼少期から執筆時点までのすべての期間にわたっているが、私にとって意味のある部分は、戦時「転向」と戦後「転向」の問題をめぐる部分であった。そして、それをどの時点で書いたかであった。

私は、学部の卒業論文で、戦時厚生事業の「転向」の問題を扱った。しかし、自分自身の「転向」問題について詳らかにしたことがない。

治安維持法下の強制された戦時「転向」と戦後の「転向」を同じ方法論で俎上に載せることはできないが、どちらも科学と思想、正義と信念、信頼と矜持《きょうじ》などの人間の本質にかかわることであることには違いない。確かに、コペルニクスやガリレオ、三木清や戸板潤などを持ち出すまでもなく、戦後の「転向」は自由な精神の発露として許されてよいかもしれない。通俗的には、変身、偽装、変心、改宗などもある種の「転向」であり、客観的現実と自分との関係、また客観的事実の解釈が一定であることができないが、いくら自己合理化を排除しても、せめて「転向」にはそのプロセスに痛覚がともなっていなければならない。鶴見はその「痛覚」を重視するが、林にはそれが見受けられない。

実は、いくら完璧を期しても、人生の最後に既存の「自分史」は〝本人〟自身の自分史ではなくなる。最後の瞬間の「あとがき」を自分では書けないからである。

小鳥の沢——書斎の窓から

まだ春にならない。交互に冬に戻る。

しかし、日に日に窓の外が明るさを増していくので、頬をなでていく冷ややかな風が谷の方に流れていくのを追ってみた。顔にあたる微風に逆らうように、うるさいほどけたたましく鳥の囀《さえず》りが聞こえてくるが、鳥の名がわからない。目の前の小さな渓流の何処かに彼らの塒《ねぐら》があるはずである。近くの北上川を仕切った四十四田湖《しじゅうしだこ》が眩しく光っている。

近頃、目の疲労が激しい。寒さが遠のけば窓から顔を出して目を休めることができる。窓から見える近くの沢では、まだ梢《こずえ》は裸のままに近くても、樹木はやや色づき始めているようでもある。それは錯覚かもしれないが、気温の変化の感覚よりも先に小鳥たちの方が季節を先取りしていた。時に、モーツァルトの協奏曲の第二楽章らしく聞こえることもあるが、みな自分勝手に不協和音を発している。

四月下旬。桜と梅が、ほぼ同時に芽を吹き始め、一気に春に突入していく気配がある。私の年齢に関係なく、春の速度は若く敏捷であるらしい。しかし、本当は、北東北の春は遅い。というよりも、短気で意地悪で、気分屋である。春と冬を交互に繰り返しているうちに、突然にして初夏になる。咲き始めようとしているチューリップに、雪がかぶさってしまうような、時ならぬ危険を冒して、彼らは私に顔を向けている。

……………ここまで気の向くままに書いてきて、はたと気後れを起こした。折角の自然のありのままを貶《おとし》めることになりそうだったからである。そんなことを考えていたら、いつか読み散らかして乱雑に積んであった二冊の文庫本が、ふと頭をよぎった。

「斜面の裾を縫う道は少年の勉の愛していたものであったが、その美観に対しても彼の感じ方は違っていた。かって斜面を飾る栗林や雑木林の光と陰との対照で感じていた美よりも、道が歩く人の努力の節約の跡を示して、斜面の裾の自然の形をなぞっているのが、美しく思われた」（大岡昇平『武蔵野夫人』新潮文庫　五八頁）

人間は、ここまで難しく観察しながら散策するものなのだろうか。頭が混乱してきた。南方戦線での大岡昇平の敗残兵《はいざんへい》経験が、随所で延々と描写される武蔵野の自然と重なっていることを深読みできるには、あまりに忍耐が要る。

「高さ10センチほどの小さな草であるネコノメソウは、少し暗くて水のしたたっているような崖の下に好んで生える。いちばんてっぺんの対生の葉は、緑ではなく明るい黄色である。一つの平面の中で向きあった明るい色の二枚の葉の間にはさまれて、暗色の小さな花がある。これを上から見ると、いかにもネコの目ということばがぴったりだ」（日高敏隆『春の数えかた』新潮文庫　一二頁）

動物行動学から自然を見ると、草木も違った生き方をしているらしい。確かに、ありのままの自然を大切に描けないのなら、だらだらと書かずに放置しておくのがよい。

そこで、最小限の言葉なら許されるだろうと、自分の居場所を認《したた》めてみた。

囀《さえず》りに　芽吹きの梢　小鳥沢

『栗の樹』の記憶のように

坂の上の交番。それは、私が幼い頃の家のすぐ傍にあった。他愛のないことのようだが、何かを目印にして、日々のありふれた道を歩いていた在りし日の記憶が、ふと甦ることがある。

それは、さしずめ歳のせいである。

「彼女は、毎日、人通りまれな一里余りの道を歩いて、小学校に通っていた。その中途に、栗の樹があって、そこまで来ると、あと半分といつも思った。それがやたらに見たくなったのだが、まさかそんな話も切り出せず、長い事ためらっていたが、我慢ができず、その由を語った。私が即座に賛成すると、親類への手土産などしこたま買い込み大喜びで出掛けた。数日後還って来て「やっぱり、ちゃんと生えていた」と上機嫌であった。さて、私の栗の樹は何処にあるのか」（小林秀雄『栗の樹』講談社文芸文庫一二一〜一二二頁）

小林秀雄が五九歳の時、信州育ちの妻について書いたエッセイの一部である。東京生まれの小林秀雄にとっての「栗の樹」は、妻の記憶の底に見た信州の「栗の樹」とは似ても似つかない姿形をしていたに違いない。戦前、東京の山手線沿線で生まれ育った私も、田園風景にぽつんと佇むような記憶の影を持ち合わせていない。私は、戦時疎開に始まって、住居を転々とした。だから、私の「栗の樹」は、いろいろの意味合いで、あちこちに散らばる。

坂の上の交番とは、田端駅から文士村記念館の横を通って、坂を登りきった角にあった小さな交番のことである。この交番の位置は、幼い時の私にとって、近所で自由に遊ぶことができるちょうど境界線のようなものであった。親の目が届く範囲ということであって、家との距離の実感をともなった風景感は乏しい。しかし、幼児体験である限り、回帰の心情に似た幼児期の記憶の底に、それがいつも薄っすらと貼り付いている。

ところで飛躍するようだが、私は、栗のメッカともいえる信州・小布施《おぶせ》で疎開児童として少年時代を過ごした。数多の栗伝説と栗林に囲まれて過ごしていたはずの少年時代は、栗が身近にありすぎて、栗が高級品であるという認識もなかったし、栗伝説にもまるで関心がなかった。ただ、学童疎開先の叔父の家の栗林で、何故そんなに朝早くから栗拾いをしなければならないかを知って、薄々その意味がわかっていたにすぎなかった。

小布施の栗の知名度は、東京に出てから知った。それを教えてくれたのは、大学の友人で茶席で使った栗菓子の美味を堪能していたらしい岡山の寺の住職の息子であった。私は、その時にはまだ、茹でた栗をおやつのように食べたことはあっても、茶席でもてなしを受けるような小布施ブランドの栗菓子を、高価すぎて口にしたことすらなかった。

ふと一本の樹木に拘《こだわ》ってみたら、鳥のために数個だけ取り残してもらって佇んでいた一本の「柿の樹」が、忘れ難い樹であった。その老樹は、同じ信州の地で、敗戦直後の惨めな母子が間借りしていた古い町家の裏庭に、夕日を浴びて立っていた。しかし、未だに〝ちゃんと生えて〟いるかどうかを確かめるため行ってみたい気持ちに、迷いが湧く。

再　会――『孤を超えて』以後

私の現在は、果たして本当に、すべての過去を積み上げてきた集積なのだろうか。

私はこれまで、努めて過去を振り返らないようにして生きてきた。それは、一種の自己防衛策でもあった。過去を隠していたのではない。むしろどちらかといえば、悪い癖とはいえ自己暴露とまではいかないが、大学教師の虚像を剥ぐ手段として、過剰に〝カミングアウト〟しすぎていたのではないかとさえ思っていたものである。だから、その反省もあって、一時期は長期間にわたって封印していたこともあった。自分の過去に寄り添って甘えたくなかったからである。

しかし、結果として、疎遠になっていた人たちとの回復の機会を何度も失ってきた。

二〇〇七年暮れ、その封印を突如解いた。特に意図したわけではないが、現役引退を機に『孤を超えて』（新宿書房）の上梓とＮＨＫ「ラジオ深夜便」の出演による副次効果でもあった。

突然、あちこちから、電話やら手紙、メールが入ってきた。東京の古い教え子たちも盛岡まで訪ねてきた。なかでも、もっとも古い時点まで遡る知人は、中学時代の友人と恩師、そして療養所の元患者であった。皆、同じ町に住んでいた。何度も誘いを受けて、数十年ぶりに第二の故郷ともいえる信州・小布施で再会することになったのである。

講演会のような企画もあったらしいが、照れもあり痛んだ呼吸器も耐えられないのでお断りし、ひっそりと少人数で昼食をともにする心遣いを得て、僅かな時間で歓談した。数々の思い出話を楽しみながらも、数十年ぶりの再会の意味とは何だろうかと、暫くは戸惑うこともあった。懐かしさだけに浸っている自分を凝視する、もう一つ別の自分がいたのかもしれない。その懐かしさだけで十分ではないかと、気づくのに少し時間がかかった。

しかし、私が予期しない好奇心をそそる話が、いくつも飛び出してきた。

私は、自著のなかで、個人史について最小限ではあったが書くことができた。その結果、私を知る人もまったく知らない人も、各自の人生の軌跡を重ね合わすことになったらしい。そして、私に寄せる誠実な好奇心は、意外にも知己の人への私にとっての新しい好奇心を喚起することになった。それは、ふとした偶然から始まった。

私の複雑な思想遍歴についての弁解じみた話のついでに、つい「もと、いわゆる左翼だったので……」と、いつもの癖で余計な脱線をしてしまったのである。一瞬、座が白けるかと心配したら、思い出話から次元を超えて、皆の核心に触れる話題に突如として飛んだ。

予定した時間が、足りなくなっていた。

確かに、私の今回の旅は取材が目的ではない。しかし、自分を誠実に隠し事なく語り尽くさなければ、他人の個人史を単なる好奇心だけで聞き出すことなどできない。そのことを知っただけでも、思いがけない再会の旅は、ただの旅で終わることなく、胸の奥深くに神秘的な何かを残した。

私自身の〝露出〟が、知己の人の軌跡に対する関心を、改めて呼び起こしたのである。

田端再び

二〇〇八年晩夏、田端駅北口はすっかり変わっていた。

七〇年近い年月の時空の隔たりや細かな夾雑物が、急に消え失せてしまうことがある。この間、後ろを振り返らない生き方をしてきたはずなのに、生まれ育った場所の確かな物的証拠がないものかと、ふと自分の生地を訪れてみたくなった。

今では、誰一人知った人がいない東京田端の高台の地である。そこは、大正の時代の小説家や美術家の自宅があった歴史的遺産としては知られているが、敗戦の年の4月空襲で全焼しているので、戦前の面影はほとんど残っていない。何かのついでの折、何度か訪ねてみたことはあったが、これが最後と見納めの如くに旅の目的を絞った。敗戦の前年、縁故疎開するまで在学していた滝野川第一小（国民）学校の在学記録のような物的証拠を見つけるためだった。

バリアフリーの時代だというのに、田端駅北口は、この夏にようやくエスカレーターが設置されたばかりだった。私の体には好都合ではあったが、山手線の駅とは思えないほどの昔懐かしい、在りし時代の寂れた小さい駅の面影は消えて、またまた自分の故郷の記憶が遠ざかった気分に襲われた。大正期までの田端文士村の賑わいは、芥川龍之介の死を境に消え、戦災によって住民も入れ替わった。その上、国鉄民営化によって駅周辺の環境も変貌して、戦前昭和世代の私にはよそよそしいほどに見えてくる。

しかし、同じ場所に小学校はあった。

私の突然の訪問と申し出に、矢沢校長は親切に応対してくれた。しかし、学籍簿は存在しなかった。また、私は縁故疎開で信州に去ったまま卒業していないので、卒業原簿も記念写真もないし、同級生を辿るための人脈すら見つけようもなくなっていた。ただ、小学生の登下校の世話をしていた高齢のボランティアの方が私より年上の卒業生だったということで、校長室で昔話を聞かせてもらう機会を校長に作ってもらえた。

残念ながら、一〇歳頃までの私の記憶が散漫としており、会話はなかなか噛み合うことができなかった。ましてや、校長は戦後世代なので、戦前の話題に及んでも細切れの伝聞でしかないのは致し方なかった。

しかし、名状しがたい収穫が小学校を訪ねたこと自体にあった。何らの物的証拠を見つけることはできなかったとしても、私の精神の原基に〝ふるさと〟が甦ったからである。

それは、柱の古い疵《きず》のような他愛のないことばかりだった。古い桜の樹、校庭の防火兼用プールの痕跡、〝小使いさん〟の部屋の跡、私に後れること半年後の群馬への学童疎開、そして、〝奉安殿も金次郎像もなかった〟との記憶は正しかったこと、などである。

〝母校〟は、創立百周年に向けて、資料室は準備に入っていた。そこには、卒業生の児玉清の色紙が壁に飾ってあった。私の親しかった同級生が、講談社野間清治社長の子息ではないか、という近隣情報からの憶測も聞けたが確証は得られなかった。

〝ふるさと〟は景色や物ではなく、だから、脳の中でしか甦らないものなのか。

「田端文士村」という幻

ＪＲ山手線田端駅とその周辺は、二つの顔をもっている。

もし、どうしても昔の田端を感じたければ、南（裏）口の古い駅舎を出ることだ。間違っても北（表）口から出ない方がよい。特に、芥川龍之介の旧家を目指すならば、わかりやすい案内書などに頼って切通し側を使わないに限る。そして、芥川が「厄介なのは田端の停車場へゆくのに可成急な坂がある事だ」と、手紙に書いて愚痴ったことのある、急な坂を登り、狭い通りを間違えながらでも辿った方が、実感が湧くというものである。ある程度は、昭和初期にタイムスリップできるかもしれない。

その位に、田端界隈は、ともかく新旧の空気が混在している。

私は、田端の高台通りで生まれた。その辺りは、駅北口から坂を登って右折したところに小さく纏まっている商店町であって、私が育った昭和一〇年代では、すでに文化の香りなどはなかった。もちろん、自分が〝文人〟たちの遺産を継いだ末裔であるはずもない。

田端界隈は、芥川一家が、大正三（一九一四）年に移住してきてから俄《にわか》にいわゆる文化の町に変貌した。最初の居住者であった板谷波山（陶磁家）が居を構えた時（一九〇三年）は、滝野川村という農村であった。その後、二〇年ほどの間に、次々と美術家やら小説家が移り住んできて、明治四〇（一九〇九）年設立の滝野川第一尋常小学校（滝一小）の周辺には、狭い路地のあちこちに数えきれないほどの若い文人たちが密集するように住んでいた。

〝滝一小〟の裏には、最初の住人の波山の窯のある自宅があり、室生犀星、菊池寛などが住み、講談社の野間社長の広い邸宅などがあった。その〝滝一小〟こそ、私が通った学校であり、その裏通りがガキの遊び場であったのに、私も幼すぎて田端の歴史を体に感じて育ってはいない。というよりも、滝野川田端は、関東大震災（一九二三年）で焼け残ったことによって、かえって大きく住民が入れ替わっていたのである。

「震災が田端の人口を急速にふくれあがらせてしまった。一時の避難者が立ちのいたあとも、そのまま腰をすえる人々は多く、一キロ平方当たり大正九年は一五七人だったのに、大正十四年では五二三人にふえた。そのため小さな家作がふえ、田端はベッドタウン化した。以後、美術家や文士で出ていくものはあっても入ってくる者はなく、田端村は次第に風致をうしなっていく」（近藤富枝『田端文士村』中公文庫　一八三〜一八四頁）

震災後、路頭に迷って田端に移っていった私の両親が、まさに田端の〝風致〟を喪失させた張本人だったかと思うと、（本気ではないが）忸怩たるものがある。

確かに、田端は、近くに美術学校（現・東京芸大）がなければ文士村にはならなかった。また、関東大震災で〝滝一小〟が避難所にならなければ、住民構成の激変はなかったかもしれない。さらに、戦災で昔の狭い家作のまま田端が全焼したからこそ、新旧が同居・混在した迷路のような裏通りが同じ地割で復活した。わが家が戦災で疎開するまで住んでいた表通りの場所に建つ家も、元の佇まいを窺うことはできない。

「田端文士村」は、私にとって、二重の意味で遠く霞んだ幻のようである。

遠い道と賑やかな道

それまでの時間が止まって、すべての音が消えたように思えた。

若い時に肺結核治療のための手術をして、肋骨八本を捨ててきた療養所を半世紀ぶりに訪ねていた時である。そこには、辛うじて見える遠くに、日に僅かしか通らないバス停への道がある。私が五年間、生死の瀬戸際で一九五一年から長期入院していた療養所への、人によっては一方通行のようなアプローチ道路だ。それは山の中腹にあって、隔離施設として〝社会《しゃば》〟との距離感を見事に演出していた。二度と出られないと、その昔、半ば諦めながら見渡した広い畑は、まるで世間離れした高原の絵のように冷ややかであった。

しかし、五十数年ぶりに訪ねた療養所とその周辺は、私が入院していた頃とはすっかり違っていて、私を妙な気分に変えた。家々が無秩序に並び、生活感の溢れる日常性が近くまで迫っている。狭苦しい近辺の佇まいが、隔離の拒絶感を失わせている。

そこには、昔の私とは無縁な時が流れていた。黒のレトリバーを連れた老婦人が、犬の念入りなマーキングに付き合って、道端でのんびり立っている姿は不思議な安らぎだった。

久しぶりの信州訪問には目的が別にもあった。ＮＨＫの「ラジオ深夜便」の出演とエッセイ集の出版がきっかけで、中学時代の友人や恩師が呼んでくれていたのである。

私が戦時疎開していた頃、小さな無名の村だった信州の小布施町は、今や栗と北斎で全国区の観光地として賑わっている。久しぶりに訪ねたレトロ調の綺麗な道は、戸惑いを覚えるほどに晴れやかな空気が漲《みなぎ》り、見違えるように変貌した町並みだった。

昼時の店は、旅の途中であろうか、洒落たザックを背負った中高年女性たちの話し声が飛び交って、店の外まで華やいでいた。私も地元の人とは違う旅の姿をしているので、団体客の一部として呑み込まれそうになり、「ここは俺の故里だぞ!」と他愛なく大声を出したくなったものである。案の定ここでも、私の昔の姿を再発見することはできなかった。

一九四〇年代中頃から約一〇年間、半年ばかりの東京在住を挟んで、私は、まったく異なる二つの境遇で過ごした。前半は貧乏な母子家庭の小中学生、後半は、肺結核患者だった。

中学時代を過ごした純農村地帯の小布施では、まさに貧乏を貧乏と感じることなく牧歌的な日々に明け暮れて、裸足のままで遊び戯れる無垢の餓鬼でいることができた。その田舎に住み続けていた元餓鬼どもも、頑丈で立派な〝後期高齢者〟になっていた。

死の病床から甦って、多くの軽症患者の知人を得ることになった結核療養所では、再起のバネともなる新しい生き方を学べた。まだ多くの人たちが、生きていることも知った。

この二つの異なる場所で、改めて数十年ぶりの再会に恵まれて、それぞれに異なる人生を歩んでいる人たちの秘めた生の衿持が伝わってくるのが、無性に嬉しかった。

私は、過去を振り返らないで生きてきた。その良し悪しはわからない。〝遠い道〟や〝賑やかな道〟に、昔の私を発見できなかったにしても、長年にわたって何を忘れてしまっていたかに気づくことができた。数十年の空白を取り戻すことができそうだと思えてきた。錯覚ではない。

在郷《ざいご》の病院

医療の荒廃が蔓延していても、否、そうであるからこそ、大病を患ったら是が非でも入院したいと、多くの人に思われている病院がいくつかある。

その一つが、信州の佐久総合病院である。

私は、これまでの人生七四年の間に、病院に四回入院している。うち二回は、短期間の些細な病変なので通過儀礼のような体験にすぎない。別の二回は、肺結核の長期入院と癌（腎臓尿管）摘出だったから、比較的時間をかけて病院の隅々まで知り尽くすほどの経験を積んだ。結果として、私は病院慣れしてしまった。

しかし、誰もがそうであるように、相変わらず病院嫌いである。特に、実験動物を扱っているような感じの大学病院が好きになれない。ノッポビルに包囲されてもいるからだ。

かって、佐久病院は農協団体の小さな病院にすぎなかった。若月俊一という外科医が赴任するまでは、確かに鄙びた病院だった。その後、数十年が経って、この在郷の病院がどのような展開をしたかは、自分史と若月評伝を兼ねた感動的な書、南木佳士《なぎけいし》『信州に上医あり─若月俊一と佐久病院』（岩波新書）に委ねるのが賢明であり最善であろう。何しろ、極限の病院嫌いだった、かの深沢七郎が、何の因果か〝死にそこねて〟、すっかり気に入ってしまったほどの病院だった。

私はといえば、信州を斜め横断するために、佐久病院の近くを何度も通過したことはあるが、診療を受けたことも院内に入ったこともない。若月〝さん〟（皆そう呼ぶ）についても、東京の勤務校の頃、学会の講演に見えた際に会ったことはあるが、私が認知されていたかどうかは疑わしい。ともかく、多忙な人であった。ただ、因みに、私の姻戚には、患者としてではなく、佐久病院に縁のある人が、医師を含めて数人いる。

それはともかく、今や、佐久病院は有名になりすぎた。もしかして、厄介な〝虚像〟という問題を抱えているかもしれない。南木も、次のような嘆息めいた文章を加えた。

「旅人の目に、小海線の電車の車窓から見える佐久病院の巨大な建物と周囲のひなびた風景がミスマッチと映るのは、旅人の目がおかしいからではなく、若月の抱え込んだ矛盾がいかに大きなものであるかの証明なのである」（『同書』二一四頁）

さて、〝旅人〟といえば、司馬遼太郎も例の『街道をゆく』の取材で佐久病院を訪ねている。詩人・ぬやまひろしの見舞いを兼ねていたが、司馬も佐久病院の雰囲気が大層気に入ったようである。しかし、流石に彼はただの旅人ではなく、「私は、信州について知るところはない」といいながら、「信州へは、大阪からどう行けばよいのか」と、ある人に訊ねた。

「新幹線で東京に出て……」という答えを聞いて、彼は絶句した。鎌倉幕府以前の街道が彼の頭にあったのである。佐久平は、中仙道の通過点である。昔、大井川の渡りを避けようとすれば、日本橋を起点とする中仙道を使って江戸と京都の間を往来したのである。

深沢も司馬も病院の屋上で、中仙道から見える浅間山の威容を感じていたらしい。

赤い川

北上川は、岩手県の奥地から宮城県の追波湾《おっぱわん》に向かう、全長二四九キロメートルの緩やかな豊穣の大河である。岩手山と並び、奥州の母なる存在として崇められる。

決して赤くはない。四十四田湖《しじゅうしだこ》の下流にあたる盛岡市の街中を流れる支流中津川には、秋ともなると鮭が溯上してくる。しかし、北上川を堰き止める四十四田湖ダムは、渇水期に水位が下がるにしたがって赤茶けた壁面を曝け出す。砒素を含むpH四・〇の錆である。

上流には、明治初頭からの元松尾鉱山があって、北上川支流の〝赤川〟から流出した硫黄分の痕跡が、廃坑後も無残に景勝地のダムの壁に刻み込まれたままなのである。

私は、そのやや上流の湖畔近くに住んでいる。季節によって水位が変わる。夏から秋にかけては大きな河原、時節の移ろいと共に水位は増し、冬は一面に結氷して雪原のような湖面となる。今では、水質の中和も進み魚も生息するが、八幡平《はちまんたい》の〝赤川〟は北上川を下って、鉱毒を流し続けた歴史は湖底に沈殿している。水源を辿って八幡平高原のパノラミックな道を登ると、誰もが仰天する光景がある。こんな山奥にどうして巨大な公団住宅のような建造物があるのか、地元に不案内な人たちの謎である。その不思議な景観は、近代装備を誇った元松尾鉱山のゴーストタウンである。その高原一帯には、もう一つの同じく八幡平を源流とする（赤くない）〝松川〟がある。今では、この川が八幡平のシンボル的な川であり、渋民の手前で北上川に入ってくる。

さて、〝赤い川〟といえば、マリリン・モンローの〝レッドリバー〟とかタスマニアの真紅の川にも連想が飛躍しがちだが、そのような脱線はいつもの悪い癖なので止める。

しかし何の因縁か、〝赤川〟と〝松川〟という川の名の意味と景勝地の裏に隠されている負の遺産について思いを馳せることになった。その鉱毒源の硫黄の成り行きを突き止めているうちに、はたと私は、幼い頃の信州の地に記憶が飛んだ。私は、万座・白根を水源とし、須坂と小布施の間を流れる〝松川〟の下流扇状地に戦時疎開していたのである。

大小の石がごろごろと転がる河原は、子どもの手ごろな遊び場だった。

その〝松川〟は、川原の石が真っ赤に染まり、地元では〝赤い川〟ともいわれた。もちろん、魚などを見た人はいない。pH二~三の酸性水では、動物は生存できない。

幕末から始まった鉱山開発は、戦時下には軍需資源開発で鉱毒はさらに深刻化していたが、反対運動があっても戦時下では、逆に運動は非国民扱いされながら敗戦となった。

さほど水量は多くはないが、急流で運ばれてきた大きな石を縫うようにして流れる川は、千曲川のゆったりとした流れに吸い込まれていく。浄水濾過システムが稼動するまでは、松川用水は、飲料として有害であった。また、治水管理が整備されるまでは度重なる扇状地の氾濫によって畑作は荒らされた。結果としての強酸性土壌が、小布施を栗の名産地に変え、江戸期の小布施は、地勢的に北信地帯の商業の中継点だった遺産を誇ってもいるが、松川上流の奥深い渓谷は、数々の滝と温泉地をもつ自然のままの景勝地である。

雲の上の八幡平、万座・白根の山の神は、共に下界の〝赤い川〟の結末を何も知らない。

すり足（trudge）とウォーク（walk）と徘徊（roam）など

私のリハビリ歩行は、二〇分後を限度に、血中酸素が八五パーセント以下に落ちていく。何度も深い呼吸を繰り返して正常値に戻すのに五分ほどかかる。

〝歩く〟という行為を、ことさら意識的に時間や距離を決めてリハビリとしてやり始めてから数年が経った。そのリハビリ的な効果は確実に現れているらしい。しかし、加齢による能力の低下によって、その効果は相殺されている。要するに、現状維持にすぎないのである。だから、〝なんとなく歩いている〟というようなやり方では、効果が半減する。一瞬でも、このような危機感をもつと、向きになるだけでなく、普段あまり考えないテーマもふつふつと湧いてくる。いったい、私はどんな歩き方をしているのだろうか、と。

リハビリを始めた最初の頃、まず、いわゆる〝すり足〟を注意された。能や武道でも〝摺《す》り足〟の型がある。室内で短い距離を繰り返し歩く日常の場合にも、似て非なる静かな歩き方だが、音をたてずに歩くには誰でも〝すり足〟に近くなる。

若い時には気がつかなくても、体力が落ちてくれば、屋外でもこの歩き方になりやすい。ただしそれは、明らかに〝だらしない〟歩き方、無気力な格好であって、およそ能や武道とは無縁である。そのような無気力な歩き方を、通常、〝とぼとぼ歩く〟と言い、英語では、〝トラッジ〟（trudge）、という言葉で言い換えることができる。

『リーダーズ英和辞典』によれば、この言葉の意味は「重い足取りで苦労して先に進むこと」と詳しいが、さらにご丁寧に〝えっちらおっちら歩くこと〟と、老人に追い討ちをかけるように戯画化した説明を加えており、いささか傷つけられる思いもする。

ところで、リハビリで歩いていると、健康促進のためのウォーキング（walking）に励む中年男女によく追い抜かれる。懸命に追いかけてみようとするが、まず不可能であることがすぐわかって諦める。彼らは、大きく手を振り、ともかく精一杯に足早であり、一見北朝鮮兵士の軍事パレードのように闊歩（stalk）している。羨ましいが真似はできない。

余裕に満ち溢れた優雅な生活を楽しむことができる人生を送っている人は、またはそのような人生に憧れをもち、暫しの悦楽の時を過ごす人が、銀〝ぶら〟のような散歩・漫歩（stroll）を嗜むことがあっても、この歩き方は、リハビリ効果を度外視している。私もそうした優雅な散歩を、時にはしてみたい。しかし、二〇分以上呼吸器限界ギリギリで負荷をかけなければ、呼吸器リハビリとして有効ではないと、私は指示されている。そして、たかが散歩に、いちいち意義づけを問う習慣がついてしまった。そもそも意義づけなど不問とする散歩こそが、清涼剤を知らずに注入できる本来の〝ぶらぶら〟散歩のはずだ。

一方、認知症の〝徘徊〟（roam）は、他人から見て無目的ないし無意味と感じられるかもしれないが、決して無意味に〝歩き回って〟（wandering）いるわけではない。ただ、不安と回帰の情緒反応であるとわかっていても、やはり悲しくも身につまされる光景である。

私の場合でも、もし少しでも気を抜いて〝よろよろ歩いて〟（toddle）いたら、高齢徘徊と勘違いされる状態に達していることを自覚しなければならなくなった。

〝貧しさ〟について

「まるで、生活保護を打ち切られたみたいだ！」と、咄嗟に呟いた自分に驚いた。盛岡の天気は、高い山の天候のように突如として変わることがある。晴天のもとで眩しいくらいだった窓辺が、急に真っ暗になって雨が降り出した時だ。何を思ったか、目の前の天候とまったく関係のない感覚が湧いてきたのは、晩秋の昼頃だった。

私は、結核療養所に入院していた一時期、生活保護を受けていたことがある。しかし、国立病院に入院していたので、国家の威信にかけても電気やガス、水道を止められるという破目に陥ることはなかった。その後、生活保護基準以下で生活している人が、昼でも暗い部屋で、ガス、水道を止められてしまったことを身近で知った。それは、昔のこと。

今の〝貧しさ〟は、現れ方や形を変えている。ただ、いずれにしても、〝貧しさ〟は、年収二〇〇万円以下というような統計上のデータであったり、無知と貧困のスパイラルというような生活史の例証だったり、また、搾取や収奪、あるいは再分配というような階級・階層上の政策の争点でもあって、切り口が複雑に絡むので、なかなか厄介で手に負えなくなることもある。

しかし本当は自分のことでありながら、何か他人事のように解釈の〝もてあそび〟を超えないようにと、中途半端に済ましていたかもしれない。もし、職業的な慣性に阻まれて過去の文献で解ったつもりになっていたのであれば、能天気というより、罪深い。

病人の状態で年金生活者になってから、ようやく自分の問題として実感をともなって〝貧しさ〟がわかり始めてきたような気もする。しかし、本当は何もわかっていない。

それは、突然、天気が変わって真っ暗になった時に感じるような、過敏な不安神経症の状態に近く茫漠としている。つまり、現実の個人差、感じ方の個人差、見方の個人差がありすぎるにしても、確実に誰にも不安の魔の手が近づいている。それは、私の場合は、働く能力を失い、自ら一切の富を生み出す術もなく、老齢年金だけで〝国家〟に依存して生きている屈辱体験のためであるかもしれない。一瞬にして、私が生まれる前の危機の時代であった昭和初頭の生活に戻るかもしれない恐怖とは、そのような状態から生まれる。

〝たおやかな貧しさ〟というようなものが、仮にあるとすれば、それを「清貧」と名づけることもできよう。しかし、現代の〝貧しさ〟は、そんな生やさしいものではない。美容ダイエット・サプリメントやメタボリック健康対策の、豊饒の時代にしかありえないようなテレビ・コマーシャルの直後に、株式暴落、企業大型連鎖倒産、大量解雇、多重債務、貧困ビジネス、医療受診拒否、一家無理心中などのニュースが流れてくる時代の奇妙な違和感は、昭和初頭に簡単には戻れない時代的宿命を如実に示している。

〝貧しさ〟が身近にあるのに、私にはボケて見える。貧しくて当たり前と思えば、貧しさは無いも同じだ。しかし、どんなに働き続けても、ますます貧しくなる〝民〟の究極の〝貧しさ〟は、泣くのを止めれば、変革か暴発かの裏表のような二者択一となるしかない。

それが歴史だ。一瞬の天候の変化ではなく、その先に人間たちの姿をして、それはある。

〝器〟と息──COPDの愚痴

人物の〝器〟の大きさは、呼吸力で判断できるといわれる。

決断力、実行力、持続力などにとって不可欠な「エネルギーの排気量は、呼吸の強さで量られる」と、私にとって致命的ともいえる命題を取り上げてくれたのは、マルチタレントでもある教育学の斉藤孝であった（『呼吸力』角川文庫　三四頁）。

私が何かにつけて〝ダメ人間〟のような自己嫌悪に陥るのは、このためかと、変に納得してしまうこともある。しかし、私が普通の人の三分の一の〝呼吸力〟しかないという物理的な理由を、自分の〝器〟の小ささの自己合理化に使うことは、堕落の第一歩となる。

確かに、私の片肺は肋骨八本の切断で胸郭が陥没し、酸素が十分に供給されていない。その器質的な欠損の修復はもはや取り返せないことは、すでに五十数年前からわかっていた。したがって、そのことに拘っている限りは、この五〇年の私の人生はいったい何だったのか、という問題が私に撥ねかえってきてしまう。いくらかでも社会的責任を負って生きていた間は、多少は気づいていたとしても〝器〟の小さいことに居直ってはいられなかったのである。その意味では、この無知とその結果としての無謀によって、言い訳の多い人間ではあっても、自己合理化の罠に嵌まらないでいられたのかもしれない。

しかし今になって、日常的に呼吸が苦しくなってから、漸《よう》く〝呼吸〟することの大切さに気づくことになった。

余談になるが、斉藤の「音読」法に関していえば、その昔ある時期、自分のことはさて置いて、教養課程ゼミの学生に英文の発音習得と速読習慣のため音読をさせたことがあった。しかし、日本語の音読は、戦前の「勅語」のトラウマが災いしてか、自分でも終《つい》ぞしたことがなかった。音読して流れるような日本語こそ美しい文章だといわれるが、私の文章は、それで難渋で醜悪なのかと、不本意に納得させられることになっている。

さて、斉藤の〝呼吸〟に関する切り口は、極めて広く深い。なかでも、人間関係にとって〝息〟を合わせることの強調は、私には手痛い指摘である。実は、〝喋る〟ことと〝食べる〟ことは、呼吸を止めなければできない行為なのだ。〝呼吸〟の強さの尺度は、〝呼吸〟を止めておける時間の長さに比例する。その上、相手の話の〝息〟に合わせる自分の〝呼吸〟の余裕が人間関係の幅と深さを左右するから、私は、すっかり宴会嫌いになっている。

考えれば考えるほど、私は落ち込んでくるが、斉藤は、〝呼吸力〟強化法として、「3・2・5呼吸法」を提唱している（同書　五四～五六頁）。しかし、私には、そのままの実行はできない。呼吸で重要なのは、〝吸う〟ことよりも〝吐く〟ことである。同じ理由で、私はセラピストからマラソン走者の息つきの仕方を指導されている。「二度吐いて、一度吸う」という不自然な呼吸は、せめてもの私の強化法なのだが、現実にはやっとのこと加齢と障害に逆らって現状維持に役立っている程度である。治療の観点から「肺」について知識を得ると、酸素ボンベをつい使いたくなる（木田厚瑞『肺の話』岩波新書　参照）。

しかし、「酸素療法」依存になるのを抑えるエネルギーにも、やはり酸素が要るのである。

介護される側の言い分

いわゆる〝介護〟は、最期を看取ることで完了する。その最期について本人自身が記録したものを読むことはできない。最期の最期なのだから、できるはずもない。

出版界には、よく著名な方の親の〝介護〟をめぐる記録やエッセイが目立つが、私は購入したこともないし、読んでもいない。たまたまテレビで遭遇する程度である。断っておくが、著名な人の介護記録に違和感や反感があるのではない。出版されてくる本に占める著名人の出現率が高いことにもよるが、「介護する側」のアピール度に含まれるある種のトラップを問うているのである。

突然に寝たきりになるか、それとも徐々に歩けなくなり、風呂に自力で入れず、やがて排便もままならないなどの発生経過を別として、誰かの助けを借りなければ生きていけない現実には、〝平均〟や〝典型〟は存在しない。すべて限りなく個別である。

リハビリ効果には限界がなく、これも個別条件に左右される。だから、著名人の著書や記録が目立つのは関心の広がりに貢献しているが、第三者の解釈が入り込む余地は少ない。

社会的介護にせよ、私的介護にせよ、臨床の真摯な行為には燃え尽き（burn-out）症候群という悲惨な後遺症がつきまとうことが知られているが、どんな介護記録にも多かれ少なかれ、このぎりぎりのドラマが書き込まれている。そこに記録の真実味をわれわれは感じる。しかし、それもあくまで、「介護する側」の真実味であって、矛盾するようだが、本当は、〝平均〟のところで平凡に収まっていた方が臨床の怖さを知らずに済むのである。

すなわち、重度介護臨床は、「介護される側」との生身の人格的格闘である。それを文章力だけで表現しきれるとは到底思えないし、映像記録にも限界がある。所詮は、「介護される側」の〝代弁〟以下に終わってしまうからだ。それは、逆効果とまではいわないが、身近な人の洞察や回顧も当事者との同一化がすぎれば、〝代弁〟の真実味には、危険な誤解のリスクが含まれやすいということを意味する。

〝代弁〟(advocate)機能という専門職の役割がある。自己主張ができない人に代わって、もしくは代表して、目的を達成する専門職の行動指針である。しかし、生半可には取り組めない高次の理論的武器を必要とする。たとえば、敢えて飛躍した例を引くが、いわゆる「ぽっくり祈願」は、本音で「寝たきりゼロ」を言い換えたものなのか、ただの老人の戯言なのか、自棄《やけ》の告発なのか、その識別は難しい。その言葉を聞かされた人はもちろん、その言葉を吐いた本人でさえ、その区別は難しい。私の場合が、まさにそうである。そこには、政策論と臨床論が「個」の中で混在しているのである。

私の身体は、「介護される側」と「介護する側」の境界線上にある。しかし、軸足が徐々に「介護される側」に移行するにつれて、かえって〝介護〟の何たるかについての自己表現がし難くなりつつある。「介護する側」の論理と心情を慮って、慎重に自己(主張)表現できる度量に確信がもてなくなってくるからである。

本当は、「ありがとう」と言っているだけで済ましていたい。

〝もしも〟の話

歴史では、〝もしも〟という問いは許されないことになっている。

しかし、この仮定ほど、素人にとって面白く、かつ歴史の深い意味をわかりやすくしてくれるものはない。つい、どんなに難渋な歴史書でも引き込まれて読み進むことになり、留まることを知らなくなる。奇想天外といっては不真面目な感想になるが、網野善彦『東と西の語る日本の歴史』（講談社学術文庫）の読後感もその一つである。

だが、その興味尽きない網野史学の数々の仮説が頭から吹き飛んでしまうほど、戦慄を覚える身近の〝もしも〟が、二〇〇八年の梅雨時に東北の山で起こった。

岩手・宮城内陸地震である。マグニチュード七・二という震度は、阪神・淡路大震災を上回る地震波だったといわれている。都市型と山間地型との違いがあって、俄《にわか》に比較することは難しい。しかし、私にとっては、その時の〝揺れ〟のショックよりも、震源地の栗駒山山系の真只中に車で入った過去の〝もしも〟が、思い出すに仮想の戦慄となった。

数年前、栗駒山高原地帯に車で入った際、途中の谷合のがれ場や絶壁は、今にも崩れそうな景観が迫ってきて、二度と来たくないと思ったものだ。「覚悟を決めて走った」といえば聞こえがよいが、本当の戦慄は、今度の地震で明るみに出てきた報道映像を見てから生まれた。車だけが土砂の陰で見つかり、また、行方不明のまま一〇名が岩石と土砂の下に深く沈んで、山全体を掘り返さない限り、遺体を発見できない状態となった。

実は、私にはさらにリアルな戦慄経験があった。盛岡市郊外の雫石の山合に、葛根田《かっこんだ》川の景勝地がある。その流域には、荘厳な天然記念物の玄武洞があった。今は、岩手山地震の影響で崩落してしまい、見る影もない、ただの崖である。玄武洞といえば、兵庫県の知名度が高い。しかし岩手県の玄武洞も、もともと正真正銘の見事な玄武洞であった。渓谷に沿ってそそり立つ柱状節理（マグマが冷却固結した規則的な割れ目）の壁には、川沿いの道路から川を渡って直下に近づくことができた。一九九九年の崩落の前日、私と家内、それに犬を連れて、およそ三時間ばかりその河原でお弁当を食べながら遊んでいたのである。その河原もそして小高い丘の上にある駐車場も、崩落によって一時は埋め尽くされた。その惨状は、写真でしか知ることができなかったが、道路が修復されても、現在は見る影もなく、金網で遮断された隙間から見える只の崖でしかなくなった。

当日の崩落で死者はなかった。しかし、〝もしも〟崩落が一日違いの前日であったら、間違いなく人間二人と小型犬一匹は、大量の岩石と土砂の底に埋まっていたはずである。車は小高い丘の上に停めてあったので、行方不明者の推定はされたであろうが、小型犬の行方は、考えたくもないこととはいえ、いくら掘り返しても発見すら難しいだろう。

岩手県に引っ越してきた直後の、最初の景勝地探訪であった。火山性地震の後、雨が続き、柱状節理の壁から大量の水が流れ出ていた記憶が後になって甦ったものである。

一瞬にして一家諸共（犬も）岩石と土砂に埋まるという死に方は、あまりに不条理である。

不慮の惨死にもいろいろある、というような他人事の如き観点は、到底出てこない。

〝孤学〟に落ちて

『孤を超えて』という奇妙な書名のエッセイ集を出した時、あるラジオ番組に出演して、どういう意味ですかと尋ねられ、はたと困った。当初予定していた『獣みちのフーガ』という書名を取り下げて急に書名を変えた後、実は、いろいろな意味合いを探し求めすぎていたからである。〝孤〟という文字を順につけた二十数個の二文字を念頭において〝まえがき〟を書いていた。

ちなみに、この書名に関しては、奇妙な書名であったためか、〝孤〟を〝弧〟と読み違えて私の想像を超える深遠なる解釈をしていただき、メールを送ってくれた知人さえいた。よほどのこと、その書名の方が哲学的に高尚ではないかとさえ思ったほどである。さすがに、〝狐〟と読み違えた人は誰もいなかった。

確かに、私の成育史の中で「私が私になる再出発」で欠かせないのは、〝孤児〟という過去の存在であった。年老いた現在、孤児であった過去に然《さ》したる意味はないが、そのことに始まって、実はさまざまな〝孤〟が絡んでいった。その一つが〝孤学〟であった。

〝孤学〟という常用語はない。普通、これに近い言葉として〝独学〟という言葉があるが、それは特定のパラダイムを追従するように自力で学ぶという意味であって、私が意味する方法とは違っている。実は、発音が同じであることに不思議さが潜む偶然ではあるが、日本思想史で重要な伝統的意義を有している江戸期儒学のなかに、〝古学〟という学派の総称があった。いつもの悪い癖で、真面目さに欠ける〝ふざけ心〟が、多少はたらいた。

古くは山鹿素行《やまがそこう》に始まり、荻生徂徠《おぎゅうそらい》「古文辞学」のように、権力フリーというかドグマ・フリーというか、豪快奔放なオリジナリティーを発揮して一世を風靡した学派が、〝古学〟派であった。ただ、権威的な解釈者やドグマを媒介としない思想性が気に入っているというだけであって、江戸期儒学について、私は詳しく知っているわけではない。それどころか、私にとっての〝孤学〟とは、自己流の学び方というにすぎない。しかし、それはオリジナリティーとは紙一重の危険な〝罠〟をも意味するものであった。

〝孤〟のつく二文字には〝孤老〟とか〝孤高〟、〝孤村〟、などにとどまらず、〝孤絶〟、〝孤危〟、〝孤塁〟、果ては〝孤注〟というのまである。〝孤注〟とは、『広辞苑』を見るまで知らずにいた言葉であったが、なんと「博奕《ばくち》で負け続けた者が最後に所持金のすべてをかけて勝負を決すること」なのだそうだ。転じて、「全力を挙げて運否《うんぷ》を試みる」ことを意味するとなると、自分の生き方にも当て嵌まるのだろうかと可笑しみも湧いてくる。

飛躍した冗談のようだが、「恋に落ちて」(fall in love)という歌がある。まさしく〝fall in self-trap〟と言いたくなる〝罠〟に、私はこれまで度々落ちたということか。

権威に追従せず、独創的に生きることは人間の尊厳にとって大切なことである。しかし、自分に固有の如何ほどの哲学(discipline)があった上で、それを貫徹できるかどうかは、また別問題である。逸脱すれば、ただの〝孤楽〟(閑居不善)にすぎなくなる。

今や老境に入れば、ただ愚直に〝孤学〟であればよいのかもしれない。

情報失認と逆走

秋田に向かう国道のコンビニに寄った時、逆走する車が目の前を通過した。噂として聞いたことはあるが、逆走車を追いかけるわけにもいかず、呆然として見過ごしてしまった。一瞬、起こるべき正面衝突事故を想定したのと同時に、わが身の可能性も予感して戦慄を覚えたものである。逆走する女性運転者が認知症であったかどうかはわからないが、その後、サイレンの音はしなかった。

そんなこともあって、高齢者として何歳まで免許証を持ち続けてよいかを考えざるをえなくなっていた。折も折、今年度で免許の有効期間が切れるので、免許更新に先立って義務付けられた〝高齢者講習〟を受けることになった。この講習には〝不合格〟があるのかどうかが少し心配だったが、講習だけで終わった。しかし、数人の年寄りだけを前に、長々と中年女性講師の訓示が続いた後、玩具のようなシミュレーターで視力検定があって、動体視力の検査が済んだ途端、私はすっかり自信を失った。私はPCでゲームをしたことがないので、小さなモニター画面のアイコンの微動についていけなかったのである。

このところ、視野が狭くなってきていることは薄々感じていた。運転能力や危険予知能力を、長年の運転経験でカバーしているかもしれないが、その〝経験〟に巣食う傲慢さこそが大きな落とし穴であることくらい理論的には知っている。ただ、いわゆる「周辺視」の見落とし率について、六〇歳頃から急激に増大することをデータで示されると、もはや高齢優良ドライバーの開き直りは許されまい。

今、六五歳以上の運転免許保有者は、一〇〇〇万人を越えている。七〇歳以上では約五八〇万人、なんと一〇〇歳以上でも二万八〇〇〇人に達している。一〇〇歳以上ともなると、半数の人は、ペーパードライバーであるといわれているが、道路上を走ることは許されているし、もちろん個人差もあるので年齢要件だけで禁止はできない。しかし、ここでも〝後期高齢者〟という統計集団が社会的負担の問題とされているのである。

この数値は、運転者の人身事故の年齢別発生件数に確実に反映している。すなわち、七五歳以上で急激に人身事故は増大している。交通事故の被害者側であるか、加害者側であるかにかかわらず、交通事故死の大半は高齢者によるものである。私の場合、免許を保有している限り、加害者側となる確率が高い。そのことに恐怖を感じることができる間はまだよい。しかし、徐々に進むに違いない脳のはたらきの低下、その極限で表れる認知症の発症への恐怖は、その恐れを二重化していながら、半分は相対的に欠落していくのである。

情報が過剰で必要な情報を選ぶことができなくなることも〝情報失認〟かもしれないが、「眺めているけど見ていない」という運転不注意を〝情報失認〟という。そうだとすれば、相手構わず喋り続けて人の話を一向に聞こうとしない独り善がりも同じことである。共通するのが、高齢者の情報遮断という特性であるとすれば、そういう高齢者は特定の社会からは排除されることになる。その前に、身を引くのが賢い老人の嗜《たしな》みなのだろうか。

新しい免許証を手にして、もはや、最初に取得した時の熱い感動も思い出せなかった。

運転夜話——無謀と違反と過失

長年、車に乗っていれば誰にも多少の違反や過失がある。無謀も然りである。

ただ、危険行為や恐怖体験がともなっていると、そのことを誰も語りたがらない。反対に、免許書き換えの際の定年退職者と思しき試験場の講師のお説教は、極端な事故や違反例ばかりで、これもあまり参考にならない。いわゆる「正常化の偏見」が機能してしまう。そこで、自戒を込めて些細な過失を少しだけ列記してみたい。しかし、「些細」だったかどうかは、結果論にすぎない。だから、必ずしも悔恨の極みに至らないにしても、今さらのように書き記すには、とても勇気が要る。

〔Ⅰ〕東京に住んでいた若い頃、自宅にはゼミの学生がよく訪ねてきた。数人の男女学生と夜明け頃まで酒で盛り上がった挙句、健気にも翌日の授業に出るべく私の車に同乗して皆を登校させたことがあった。途中、私は案の定、前の車の急ブレーキに間に合わず追突した。原因は、明らかに二日酔いと重量オーバーであった。時効とはいえ、今では、朝の二日酔いでも酒酔い運転で免職処分相当の犯罪である。大人が五人も乗ればブレーキ性能が低下するのは常識の範囲内の基礎知識であるはずだ。その後、学生は電車があるうちに追い返すことにした。

〔Ⅱ〕雪道のシフトダウンの選択は、微妙な判断で行うものだ。東京にいた時でも、スタッドレスがない時期から、冬季はスノータイヤを装着していた。スノータイヤを過信していたわけではないが、大学の同僚教員を乗せて志賀高原にスキーに出かけた時、山道のヘアピン・カーブでスピンを起こした。サードからセカンドに切り替えるべきだったのだ。自分では制御可能範囲の事態と納得していたが、「あの時、死ぬかと思った」と、その同僚は、恐怖体験を珍妙にも危機体験に変えて、あちこちで〝自慢話〟にしてしまった。以来、私はカーキチのラベルを貼られる不名誉に浴することになった。身を任せている助手席の側の恐怖はより強い、という当たり前の車の常識をその時まで知らずにいた。

〔Ⅲ〕私は入浴による消耗が激しいので、温泉に行っても一度しか湯に浸からない。〝もったいない〟とは思う。実は、ある夕刻、入浴後に客を車で送った際に、入浴後の弛緩で注意力が落ちて信号無視をしたことがあったからである。明らかに、リラックスした後の緊張感の低下であった。温泉気分は好きではあるが、温泉に出かけても運転の安全を最優先している生き方とは、なんと健気《けなげ》ではないかとわれながら思う。

〔Ⅳ〕延々と不自然な蛇行運転を後ろから見ていれば、それが居眠り運転だというのは誰でもわかる。怖いのは、本人がそれを知らないでいることである。特に難しい急坂の高速を通過した後の長い直線が続いた時に、よく見かける。私には経験がないはずであるが、ほんの一瞬だけ一般道路で縁石を擦ったことがあった。徹夜続きのような日々を過ごしていた時期だったが、以来、眠気覚ましの車中タバコの癖から抜け出せない。また、長距離ドライブでも助手席に乗った人の居眠りは私の睡魔を誘う。だから、それを禁じている。

まだまだありそうだが、悔恨がこみあげてこないうちに、これで止める。

運転夜話——免許証の顔写真

私は、カリフォルニアで運転免許を取ったことがある。国際免許を持参していたのに、在住身分証明の利便性を勧められたため、余計なことをした。

もちろん、すでに今では免許証は期限切れになっているが、相変わらず財布の中に日本のものと重ねて、記念品として持ち歩いている。「記念」の意味は、必ずしもよい思い出ばかりではない。だから、この話の前に、少し横道に逸れることにする。

私の運転歴は、年甲斐もなく、または年甲斐あって、とても長い。高齢者がなまじ経験豊富である場合、かえって危険であることは知っている。経験にもとづく自負と加齢よる能力低下とが釣り合いが取れなくなっていることが自覚できないからだ。若い頃、いささか天狗になっていてやや無謀な乗り方をしていたこともあった。教習所で習ってもいないのに、すぐフロアシフトのマニュアル車に乗り換えた。そして、何度もスピード違反で捕まって、反則金も払ってきた。車を買い換える度に、決して性能テストをしたつもりはなかったが、信号の発信直後にスピードオーバーで必ず一度は捕まった。

最初の頃、自分が加害者の側にいる自覚に乏しかったことを認めないわけにはいかないと、今は反省しきりである。確かに、〝カーキチ〟的素質は残っているので弁解がましいが、今は、最低限、障害者に認められている〝特権〟としてだけ、控えめな態度で乗ることにしている。以上の如くの、日本での姿とは大違いだった冒頭の話に戻す。

アメリカ西海岸では多言語への寛容性があって、免許の書面テストは日本語で受けることができた。お陰で一度でパスしたが、マイル換算では戸惑った。借りた車を持ち込んで実技テストを受け、二度落第し、三度目に辛うじて免許証を手にした。試験官は、時々変な日本語を使う親切心に溢れていたが、肝心なところで意地悪くも慣れた米語になってしまう中国人だった。その肝心なところこそが、当落に響くのだ。

さまざまな日米差があるにしても、左側通行から急に右側通行に変わると、人間の脳のはたらきは簡単にはスイッチしない。また、日本での左折は容易だが、アメリカでは右折が容易すぎ、反射的に対向車線に飛び出しそうになる。つまり、車線変更と左折の失敗で、二度とも危険運転という致命的な減点によって失格となったわけである。

日本ではマニュアル車に乗っていたが、座席が逆になり右手で初めてノークラッチのシフトレバーを操作するのにたじたじとなった。カリフォルニアのフリーウェイは、とてつもなく長大である。長く乗っていると、日本の潜在意識が甦ってきてしまい左右の感覚が戻りがちとなってドキリとする。つまり、市街地で緊張していた方が、安心、安全、慎重であり続けられる、というわけである。そして、英語力の不足で事故や違反が致命的な結果に思わぬ展開をするのを恐れて、運転は人格が変わったように慎重だった。

それなのに、サン゠ディエゴの帰りのフリーウェイで検問に引っ掛かった時は、さすがに頭にきた。国境を越えてきたメキシコ人と間違えられたらしい。下宿に戻って免許証の写真をまじまじ見たら、日焼けして目が鋭くなっていた私は、やはりメキシカンの顔だった。

路地裏の〝うら〟にて

その昔、私が在職していた大学は、原宿の神宮前通りにあった。近道をして東郷神社の境内を通過するにしても、雑踏の竹下通りの半分をすり抜けなければ通勤できなかった。その混雑振りは、八〇年代に入ってから半端ではなくなっていた。

そんな折、私のゼミの学生に中途障害の全盲の学生がいたが、私のアドバイスをなかなか聞き入れず、白い杖を使わずに自信満々にいつも早足で通学路の竹下通りを闊歩していた。ある昼下がり、遠来らしい若い女性が、キョロキョロ左右の店を覗きながら歩いていて、その全盲の学生に真正面から激突し、突然「いやー、痴漢！」と叫んだ。

私は、そうした混雑を避けて、さらに奥の狭い路地を借りて通っていたら、「勝手にひとの家の軒下に入らないで！」と、玄関に立っていたおばさんから怒鳴られた。以来、竹下通りの裏路に入るのは止めた。

皇室用の駅舎のある原宿駅出口からの竹下通りは、もともと暗い裏通りのような道だった。五〇年代までは、温泉マーク付の連れ込み宿が並び、〝アベック〟にとって都合のよい薄暗さだった。その多少隠微だった町並みは、今、幼い少女たちの街と化している。

都会の路地裏は、狭ければ狭いほど、迷路のようにわかり難ければ難いほど、土地柄と関係なく、人間臭い郷愁を漂わせる。ただ、よそ者を、なかなか寄せ付けない不思議な距離感もある。原宿で怒鳴られたようなことが、しばしばあるわけではないが、深い路地裏に入り込むと、なんとなく気後れする。私の生地である田端の裏通りに入って探訪した時も、途中で引き返す臆病が出た。子どもの時に遊んでいた過去の縄張りにもかかわらず、何故か他人の家の軒下に入り込んでいるような錯覚に陥ってしまうからであった。この経験は、三〇年ほど前、友人の住んでいた六本木の裏通りでもあった。そこは戦災を免れたのかどうか、人力車がやっと入れるほどの風情のある、ちょっと気後れする路地であった。

日本の手付かずの都会の路地裏や下級武士が住んだ城下の佇まいは、中世ヨーロッパの旧市街のような荘厳さに欠けるが、整備された直線的な区画の佇まいに比べれば、伝統的な古臭さという点だけでも、人間の体臭が伝わってくる親しみに満ちている。しかし、その迷路のようなわかりにくさは、よそ者に対するディフェンス効果が十分である。

川越の町、盛岡の町などは、狭い一方通行道路が多くて、よそ者の車がよく迷うといわれる。ちなみに、鎌倉、松本なども城下町という意味で、堅固にディフェンシヴである。

私の住んでいた田端の路地は、戦災後さらに区割りを縮めたらしく、もはや小さな消防車も入れないような狭さになってしまっている。戦中、戦災の類焼を防ぐ目的と道路拡張で、わが家のすぐ横まで家屋の強制撤去をしていたはずであった。なまじ、わが家の戦災経験があるためか、狭い路地裏への郷愁とは正反対に、地震や火事の災害時における恐怖が、自己矛盾のように湧いてくる。同時に、日本の都市計画の貧しさにも唖然とする。

確かに、裏通りで無邪気に石蹴りをやっていた幼い日々は懐かしい。しかし、自分も含めて、偶《たま》のよそ者や無礼な旅人は、しばしば身勝手なものである。

俺は犬である

俺は犬である。古い時代のどこかの猫と違い、名前はある。

確かに「研」という名前はあるが、人間の名前のようで少し恥ずかしい。何でもアメリカ煙草に〝KENT〟という銘柄があって、末尾の〝T〟は英語の発音ではサイレントに近く、日本人には難しい子音なのだそうだ。俺の名前は、想像するにこの煙草の名から借用したものらしい。つまり、煙草の名が先にあったのだ。今の禁煙時代に、俺の名付け親はなんという非常識で無責任な輩なのであろうか。

俺の飼い主としては、やむを得ず感謝も尊敬もしているが、親としてはあまり褒めた名前の付け方ではない。しかし、「研」という名は覚えやすいらしく、今やわが家名は「〝研ちゃん家《ち》〟の高澤さん」という認知のされ方をしている。

俺の脚は長い。確かに長い。おやじは、俺のことを「馬みたいに歩く」と馬鹿にするが、当のおやじも脚が長いという評判を受けていると聞く。しかし、おやじの脚が長く見えるのは、上半身が痩せていて、その上肋骨を八本も切り取られて上体が縮んでしまい、誰もがこのプロポーションを錯覚しているだけだ、というのが俺の見方である。犬だって、自慢じゃないが、その程度の客観的な観察眼は備わっているのである。

俺のおやじは、元大学教師だが、日頃の生活を見ていると、とても信じられないことばかりが続いている。確かに、二階の書斎と思《おぼ》しきデカイ部屋を占拠して、なかなか俺のいる居間に降りてこないが、そこで何をしているかは知れたものではない。漱石先生の猫君が暴露したように、おやじだってさしずめ、よだれを垂らして昼寝三昧で時を過ごしているのではないか、と俺は想像している。因みに、俺は弟のチビ犬とともに二階に行くことを禁止されているが、俺は大の雷嫌いで、深夜の雷が怖くておやじの書斎に逃げ込んだことがあった。その時に初めて見たのだが、その部屋は俺の頭の中にある書斎とはほど遠く、決して品格を備えた書斎といえる代物ではなかった。本が雑然と積みあがって何やらわけのわからない小物がその隙間に置いてあり、目が回るような混沌とした部屋だった。こんな処では、決して快適な昼寝はできそうもない。ということで、同情心も湧いてきたので、多少の昼寝も怠惰の証拠とは考えないことにしている。それにしても、どうしてあの部屋であれほど夜晩《おそ》くまで起きていられるのだろうか。

俺は、簡単明白な結論を見つけた。要するに、朝寝坊なだけなのだ。

俺のおやじも、とうとう年金生活者になってしまい、羨ましくなるほど日夜自由に振る舞っているように見える。自由人がいくら自堕落に暮らしていても誰に気兼ねすることもない。確かにそのとおりなのだが、不思議なことに、おやじは、昼には時に忙しそうに車を乗り回し、夕方にはテレビに釘付けかと思うと、夜晩くまで本を読んだりパソコンに向かい、挙句の果てに朝寝坊を決め込んで、それを規則正しく繰り返し励行している。こういう生活習慣を、言葉の正しい意味で規則正しい生活というのだろうか。

早寝早起きの模範的な犬であることに多少の自負をもつ俺には、到底理解できない。

WBCと水道局

「冷戦期、アメリカとソ連はあらゆる分野で張り合った」

『朝日新聞』(二〇〇九年三月二五日)「天声人語」の書き出しの一節である。何の話かと思ったら、案の定、WBCの決勝試合、〝日韓五番勝負〟の話題を面白くするための伏線だった。

時には、野球の話で息を抜くことにする。

〝たかが野球〟と、どこが勝ってもいいではないかと思いながら、結局のところ連日のように、すべての試合をテレビ観戦していた。そして、いつの間にか試合の流れに沿って一喜一憂して、時々大きな声を出している自分の声に驚いた。「どっちが勝ってもいいけれど……」と照れているのを聞きつけて、家内が冷やかし気味に覗き込んだ。「あなたは、所詮、ナショナリストなのよ」と突っ込まれ、返す言葉を失ったが、一瞬、また悪い癖が出そうになった。

〝ナショナリスト〟と〝ペイトリオッツ〟とは、どのように違うのか?

単に〝野球〟を観ていたにすぎないのに、勝負である限り、最後には決着をつけなければならないにしても、また勝敗に拘っていないと装うことができても、何かの思い入れでもない限りは、試合の進行に一喜一憂するはずもない。結局は、イチローの勝利打点の余韻に酔いしれて興奮していた。私は、何に興奮していたのだろうか。

地域密着型のサッカー・クラブチームの試合で、〝郷土愛〟をむき出しにして競い合っているサポーターたちの応援光景は、涙ぐましくも痛快である。そこまでは、とてもよくわかる。しかし、日本代表が国際試合に臨むにあたっても、サポーターたちの心情は、みな同じ〝郷土愛〟の集積だったのか。転じて、野球の国際試合の場合も同じなのか。

　私の少年時代、ほかに何の取り柄もない野球少年だったことに関係があるのかどうか、今でも、日本のプロ野球やメジャーのＢＳ中継をテレビでよく観戦する。ただ、そのような個人的な過去の思い出に根ざして、ＷＢＣに熱中していたとは思えない。

　理由は単純である（と思う）。たまたま対等なライバルとの団体競技に篭《こ》められた〝心技体〟の純粋型のぶつかり合いを、一切の利害関係を排除して、皆で楽しんだ、というだけのことである。それ自体が、何かと比べようもない悦楽であった。それだけでよい。

　一夜が明けて、日常に戻るまで気がつかないことがあった。

　ＷＢＣの日韓戦が終わって、翌日の新聞は、ＷＢＣ関連の記事で満載となった。特に、東京都水道局の小さな取材記事が眼を引いた。試合中に何度か、水道使用量のメーターで著しい増減が確認されたのだ。原因は定かでないが、イニングごとに一斉に水洗トイレが使われたり、まったく逆だったり、という推測記事である。そういえば、その昔、菊田一夫のラジオドラマ『君の名は』の時間帯には、東京の銭湯はがら空き状態となっていた。

　私も今回、対アメリカ戦が終わった直後、リハビリを済ませて、毎回行きつけにしているカフェに寄った時、異常な車渋滞に巻き込まれ、飲み物の注文も待たされた。

　店員が、「今、野球が終わったばかりです」と、事も無げに言い訳をした。

「老人語」と方言と死語

親しくしている行きつけの本屋で、ソシュールの本（『一般言語学講義：コンスタンタンのノート』岩波書店）を買い求めた時のことである。母語の韻が、ふと頭をよぎっていた。

「盛岡弁で話すことある？」と若い女店員に尋ねてみた。小さく首を振って「おばあちゃんは話していますけど……」との返事だった。「おばあちゃんの話はわかるの？」と聞き直すと、「はい！」と小さく頷いただけで、はにかみながらお釣りを渡してくれた。

この件は、これで終わりと思った。

南部（盛岡）弁も津軽弁も、この一〇年間、ほとんど理解できずにいる。学校教育とメディア支配によって、方言の環境はすっかり様変わりしているに違いないが、時々耳に入る東北弁を聞き取ろうと努めることがあっても、母語や方言と「国語」文法との関係を深く考えることもなく、私はなんとなく、日々をやり過ごしていた。

ところが最近になって、田中克彦（社会言語学者）の文庫本（『ことばとは何か─言語学という冒険』講談社学術文庫）との偶然の出会いがあってから、何気なく自分のなかに変化が生じ始めていた。母語や方言、あるいは逆に、若者言葉、総じてイディオムともいうべき言語の本源的な問題について、私自身の文章に関する無神経さと日本の言語状況に照らし、考え直す必要を感じている。遅きに失するだろうか。

ラテン語文法から始まる言語学史の知見も必要だが、世界の言語がどのように違うのかに、時には興味が尽きないこともある。ただ、自然に変化したりしなかったりする言葉と、人為的に閉じた体系を変化させまいとする〝力〟との桔抗は、いささか困惑と恐怖を覚えるほどに、言語の謎は深まるばかりである（田中克彦『ことばと国家』岩波新書）。

「母語文法は、その人の生まれながらのことばであるから最も自然で、それ自体として完全である。母語文法の方からみれば、学校文法こそ、ごちゃまぜの寄せ集めで〝どこの馬の骨とも知れない〟ことばの文法である」（二八頁）。しかし、「言語共同体は、ことばを決して自然のままにほうっておかない」（一九四頁）と田中はいう。言葉を共時的なものとし歴史を排除しても、言葉は歴史的に変化する。生きた言葉は、人々が共同空間を共有しながら通時態として変化し、民族を言葉で統御するためには文法規則の体系（国語）が人為的に作り出される。そして、権力によって方言を下位化して排除、駆逐する。

翻って、方言は、空間的距離と地勢的な変化の問題もあろうが、変化する言葉には〝老人語〟という範疇もあるとのことである。かの有名な『新解』の〝老人語〟の定義によれば、「すでに青少年の常用語彙の中にはないが、中年、高年の人ならば日常普通のものとして用いており、まだ死語・古語の扱いはできない語」とある。因みに、〝死語〟の例として〝しつけ〟が挙げられているが、〝躾〟の文字は「国字」であって漢字ではない。悲しいことに、今〝躾〟という言葉は、幼児虐待の〝言い訳語〟として使われている。

今となっては、南部弁の習得は諦めるべきか。しかし、老人だけが話す方言、死語に近づく〝老人語〟が、どのように滅びかけているかの関心に、私は拘ることにした。

漢字の怪

例年の風物詩、清水寺の二〇〇八年を締めくくった漢字は、「変」だった。

オバマ政権誕生に因む〝変革〟の変なのか、経済危機の〝大変〟の変なのか、さらには予測不能の〝異変〟の変なのか、意味深長な漢字がでかでかと寺の舞台に墨書された。その後、書の催しを主宰した漢字検定協会のぼろ儲けの悪事が露呈して、漢字文化そのものまで汚染するような〝変事〟、〝変故〟の変となった。まさに異常事態である。

何故、これほどまでに、日本人は漢字崇拝に陥り漢字能力に拘るのか。

私も、国語辞典や漢和辞典を絶えずせっせと開いている。近年、ますます辞書を手放せなくなっている。漢字検定には関心も興味もないが、加齢による記憶減退で漢字を忘れていく傾向が強まり、それをワープロの所為にしたりする。そして、ワープロで変換ミスをしたり読めない字が出てきたりで、ますます深みに嵌まっている。

明治以降、本来の日本語（和語）の発達は止まったといわれる。漢字の大量使用が原因である。この問題を鋭く皮肉まじりに指摘する国語学者は、文字が言語の実体になってしまった「顚倒した言語」としての日本語の状態をまったく意識していない日本人の現状に、苦言を呈している（高島俊男『漢字と日本人』文春新書　一五六～一五七頁）。

言語学の教えを待つまでもなく、本来、言葉というものは、人が口に発し耳で聞くものである。この当たり前のことが、漢字を持ち込み翻訳語によって近代化を急いだことによって、日本人は沢山の同音異義の漢字を作り出した。文字を頭に思い浮かべることを媒介、参照することによってだけ、言葉の意味を理解する習性を身に着けてしまった。

同書には、うんざりするほど例示が出てくる。ついでに、わが家でも時々話題になった例を思い出した。以前、マンションの五階に住んでいたことがあって、日に何回もエレベーターで上下する度に、「ゴカイデス」とアナウンスがあり、ふとしたことから「誤解です」と聞こえた。以後、その言葉が耳から離れなくなった。しかし、この種の例はいくらでもある。「オショクジケン」(お食事券-汚職事件)、「キセイチュウ」(帰省中-寄生虫)なども、前後の文脈抜きでは、大変な誤解と人間関係の悪化を生みかねないのである。

漢字の誤字、誤記、変換ミスは、どんなに校正を重ねても起こる。売れない本しか出せない私などは、増刷や改版が滅多にないので直す機会がない。前作『孤を超えて』でも、一つだけ大変に恥ずかしいミスをした。造語(〝疎読〟、または〝粗語〟)のつもりで入力した〝sodoku〟を〝素読〟と変換したままで校了してしまったのである。漢文の素養がないためとばかり言えない、迂闊な単純ミスとしか言いようがない。

私は、『論語』も『万葉集』も読めない。現代語訳でしか読めない悲しみは常に味わっている。『論語』は外国語だから読めなくても諦めがつくが、いわゆる〝万葉〟仮名や述語の壁にぶつかると、文字のない時代の日本語生成過程の労苦、戯れ、天智天皇の知的好奇心などの妙が伝わってきて、日本語への疑問と関心が、不思議にもかえって強まってくる。

とはいえ、翻訳語で充満した私の頭の中に、〝倭語〟が入り込む余地はほとんどない。

困惑の表記

日本語は、本来、縦書き用にできている。
しかし、いつの間にか、私は横書きの習慣をつけてしまった。
原稿や文書雑記で、マイクロソフトの“WORD”を使うようになってから随分経つが、常にローマ字入力であり、当然に横組みである。それどころか、学校教育の全期間、教員時代も横書きで通してきた。しかし、私の単著は、縦組みがほとんどであり、八〇年代初頭まで縦書き原稿用紙を使っていた。自著の横組み本は、教科書など、ほんの僅かである。

ところが最近、手書きの縦書きが懐かしいのか、縦書きの巧い肉筆の便りを貰うととても嬉しくなる。私の癖のある奇怪な字体でも、生身の自分を表記したくなったらしい。しかし、本来あるべき日本語への回帰、というほどの主義主張に欠けるので、縦書きへの転換は難しく、相変わらず、つい横書きになってしまう習性はなかなか抜けない。大袈裟な主義主張といえば、「西洋の言葉は〝縦に話し、横に書く〟構造を持っており、東アジアの言葉は〝縦に書き、横に話す〟という構造を持っている」という説がある。それは、仮説として面白いが、一神教か多神教かの宗教の本質的な差異にもとづく、という考え方であるという（石川九楊『日本語のてざわり』所期選書　一四四〜一四七頁参照）。

今日の日本は、翻訳語、漢語、造語、略語のアナーキー状態を呈している。私にしても、その状態に加担してきた。訳語が見つからずに造語することもよくあった。そうでなければ、やたらに、今流行る

〝取り敢えず〟のカタカナばかりが増えていくことになる。

また、政治家や閣僚は、漢語の四文字熟語を記者の前で使いたがる。発音だけを聞いても文字が頭に浮かばないこともある。東条英機は、昭和天皇から戦況を聞かれた時、臥薪嘗胆《がしんしょうたん》という常套句で答えたことがある。この言葉は、ある意味で相当に過激な言葉なのだ。小沢一郎は、党首引退の空気を察知(二〇〇九年四月二八日)して、〝けんけんふくよう〟(拳拳服膺)という四文字で心境を語った。私は、慌てて辞書を引かなければならなかった。

私にはこのような皮肉を語る資格がないが、自分の言葉の貧しさを棚に上げて漢語、漢詩を借りることで、煙幕を張る悲しい習性が日本人にはあるのだろうか。

字音だけでは意味不明、文字を見ても理解できない、という事態に加えて、略字ともなれば、原語を置き去りにしたカタカナ語の一人歩きが始まる。コンビニ(convenience store)、ワープロ(word processor)、セクハラ(sexual harassment)、アラフォー(around forty)、リストラ(restructuring)などは、すでにカタカナのままで特殊な日本語と化した。

蛇足になるが、WC(water closet)、SL(steam locomotive)、KY(Kentucky)は、世界でも通用するが、KY(空気読めない)が、日本語のローマ字表記の略でもあることを世界の人々は知らない。面白がってローマ字符号や無意味な略語をもてあそぶ風潮は、言語共同体を狭小にするだけである。やけになって、後期高齢者のカタカナ表記を訊ねてみたら、「〝アラ・キジュ(喜寿)〟だ！」という嘲笑を含む答えが、幻聴のように聞こえた。

敗戦直後、国語をフランス語に変えろと主張した志賀直哉なら、何と感じるだろうか。

鄙の「偏食」――不思議な発見

退職後、田舎に隠棲《いんせい》してから、歳相応の〝遊び〟は本を読むくらいが関の山となった。そのような変化にお構いなく、出版不況の悲鳴が、あちこちから聞こえてくる。情けないことに、〝活字文化の終焉〟、と断言する人もいる。

しかし、郊外大型店舗や駅ビルの大きな書店は、意外にも賑やかである。書店フロアーの賑いと本の売れゆきとは、相関しているかどうかは疑わしい。書店で見える立ち読みの場所の光景は、そこだけ切り取るとコンビニの雑誌コーナーにそっくりである。

書店が『文藝春秋』別冊「日本人は本が好き」特集を店頭に平積みにするくらいだから、活字から離れられない日本人の特性は、まだ少しは残っているのかもしれない。と、思っていると、書店の入り口近くには、平積みされた〝ベストセラー本〟だけが威勢よく呼びかけてくる。一瞥はしてみるものの、いつも素通りして安価の文庫本コーナーに直行する。かの斎藤美奈子が命名した〝偏食型〟のように高尚な行動様式では決してない。

学生時代から続いた私の本屋荒しには紆余曲折がある。貧乏学生の当初は、もっぱら神田古本屋街であった。その後、研究費で本を買えるようになってからは、注文購入が増えたが、専門書関連の渉猟の仕方が、足を使わない怠けたやり方に変わった。いわゆる衝動買いの楽しみは、多忙にかまけて減り、やがて視野も狭くなり専門外の本を買う遊びの余裕も消えていた。付け買いが常習化し〝専門ばか〟に成りきったかに見えた。

その性癖が、がらりと変わった。引退して盛岡郊外に閑居するようになってからである。退職時に、大量の蔵書を処分して、隙間のできた書棚を知らぬ間に文庫本が埋め始めた。次から次へと連鎖的に無秩序に、関心が拡散し、本の買い方が乱暴になってきた。

本屋が小説で溢れていることへの違和感は相変わらず強い。小説から人生の機微に触れ、人間のさまざまな生き方に驚き、人と人の出会いと別れの意味を味わい、怒り癒され、時には高尚な時間つぶしの糧を得る、などの意義は理解しているつもりである。ただ、読みたくなったら読めばよいとばかりに、滅多に買わない小説でさえ、積読《つんどく》状態になっている。

年金生活者らしいケチの精神から、文庫本コーナーについ立ち寄る。

そこで、不思議な発見があった。若しかして盛岡だけの特殊性かもしれない。何軒かの書店には、派手な装丁の文庫本に混ざって、不自然なほど地味な題名の文庫本が何冊も平積みになっているのだ。外《と》山滋比古《やましげひこ》（お茶大名誉教授）の『思考の整理学』（ちくま文庫　一九八六）である。「東大、京大生がよく読む」との惹句《じゃっく》がつく。実はこの本は、盛岡の書店が火付け役となってロングセール（四七刷）を続ける異色のエッセイ書である。この本が売れている磁力は、帯に採用された「もっと若い時に読んでいれば……そう思わずにはいられませんでした」という、店員の松本大介さんが作ったセールス・コピーに秘められているらしい。今や、盛岡の〝さわや書店〟は、このことで全国に知れわたった。

外山が随所で若い人に語りかける文章は、平易で優しく、思考を組み立てる道筋を指し示す。若い人にここまで優しく啓蒙的に語りかける能力は、私にはない。

ベストセラー本の条件

出版不況だというのに、次から次と新刊本が出てくる。

すべてがベストセラーというわけではない。平積みの本だけが売れている（らしい）。

しかし、私は、いつも平積み本の前を素通りしている。私のようなベストセラー本を読もうともしない読者を名づけて「偏食型読者」というらしい。この定義を教えてくれたのは、文芸評論家の斎藤美奈子である。彼女は、秀逸の書評家である。何しろ、取り上げた本の読む気を萎《しぼ》ますほど、皮肉にも書評の着眼点が面白すぎる。ベストセラー本の内容や部数に、やっかみ半分ではなく、本気で真摯に悪評を連発できる人は、思いのほか謙遜家でもあるために、かえって悪口雑言に近い辛らつな批評眼を発散することができる。返り血を浴びる心配がない、と信じているからに他ならない。

しかし、そんなことはない。どんな本だって、ひょんなことでベストセラー本になってしまうことがある。ただし、極めて真っ当ともいえる条件が、一つある。

「100万のオーダーに乗せる本は、〝ふだん本を読まない人〟にアピールした本である」（斎藤美奈子『趣味は読書。』二〇〇七　ちくま文庫　九五頁）彼女が示した厳格な条件である。

この〝書評〟書は、一九九九年から二〇〇二年まで、平凡社のPR誌に連載したベストセラー書に浴びせた批評を編集したものだが、軽いエッセイ書と誤解して、発刊直後は立ち読みさえしていなかった。ある時、偶然に覗いてみて、一冊を除きすべて買ったことも立ち読みしたこともない本ばかりであることに気づいた。私には、縁がなかった本ばかりだ。

例外とは、藤原正彦『国家の品格』（新潮新書）であった。

私は、この本は、抜き読みしてはあったが、長いこと放り出してあった。実は、彼が藤原ていと新田次郎の子息だとも知らずに、二十数年前『若き数学者のアメリカ』に出てくる都立大学助手時代からの〝冒険談〟を楽しんだ記憶が甦り、無性に懐かしかったのだ。ただ、大袈裟な書名に多少の違和感があった。ただ読んでみて、当時の異常な時代状況に的中していたことに驚いたのだが、暫くしてミリオンセラーとなり「品格」、「武士道」ものなどの牽引役まで担い、余勢をつけて露出度を増してから、私にとって疎遠な本となった。

彼は、親譲りの名文家である。しかし、『国家の品格』は、主に講演記録の編集部によるリライトであった。時あたかも、株式バブルで時価総額競演が顰蹙《ひんしゅく》を買っていたために、一見無欲の（と期待される）いわゆる良識派が飛びついて、彼は時代の寵児のようになってしまった。当のお茶の水女子大学の数学者本人が、この〝余技〟の成果に驚いているはずである。

しかし、斉藤の評価は、手厳しい。「人畜無害な癒し本。それ以上でも以下でもない。だから酔っ払ったおっちゃんの居酒屋談義」（三五二頁）と断じている。それだけではない。なんと安倍晋三の『美しい国へ』（文春新書）の類書として扱われるに至っては、同情を禁じえない。やはり、賛否はともかく、読まれるべき本であって不思議はない。

書店では、五木寛之や渡辺淳一の山積み本の横に、二〇〇八年に入って『蟹工船』が並び始めた。私は、岩波文庫版を持っているのに、妙な気分で新潮文庫版を買い直した。

HYAKKIN

雪に閉ざされ、悪路が歩きにくくなって、日課のウォーキングの場所に困ることがある。そんな時、ついショッピング・モールの大駐車場を借りてそれを済ませた後、暖をとるために、ある建物につい入ってしまう。何でも屋の〝ひゃっきん〟である。

癖になると、後先が逆になることもある。

〝ひゃっきん〟は、百円均一ショップの略語で、その語は最近になって知った。

百円均一ショップは、貧乏な単身者向きの安物店として昔から存在した。数十年前には、下宿用品を揃えるため秋葉原駅の片隅に、電車を乗り継いでわざわざ行ったことさえある。

しかし、今時のそれは、デフレ時代の価格破壊と中国製品の氾濫のお陰で、〝ひゃっきん〟という如何にも日本的で立派な略語ができて、日本社会特有の生活モデルに欠かせない一部門となった。だから、私も常連客の一人として、恥ずかしげもなく日常生活の一部に取り入れている。ただ、頻繁に行きすぎるために家内の顰蹙《ひんしゅく》を買うようになって、ふと気がつくと、家中に〝ひゃっきん〟商品が溢れていることに改めて驚いている。ここにまた、情けないことに、新たな羞恥心が追加された。

ところで、〝ひゃっきん〟だけで、日常生活は可能だろうか。

やってみたことはないが、この設問には相当の根拠がありそうである。その位に、ありとあらゆる品物が揃っている。極端にいえば、食料品以外のものは、一定水準を超える個性的な生活様式を望まなければ、ほとんど用意されていて、日常生活は事足りるといえなくもないほどである。特に、文房具の品揃いは、小学校の傍のちゃちな文房具店では勝負できないくらいの揃い方である、その大部分は中国製で安いし、デザイン的にも決して見劣りしない。

私は、東京に住んでいた頃、通勤帰宅途中の暇つぶしに、よく新宿のステーショナリー・ショップに寄って海外ブランド品をあさっていたことがあった。しかし、今は、その地の利も意欲も失った。〝ひゃっきん〟の中国製文房具で代用している。

ただ、問題は、そういうところにはない。

〝ひゃっきん〟には、食料品を調理し食卓を整えるための用具、その他の生活必需品も、確かに豊富に揃っている。しかし、生鮮食品どころか食材そのものが置かれていない。そういう店だから、それはそれでよいのだが、〝ひゃっきん〟だけで生活が事足りるためには、パラサイト状態か、被養育の状態の人間に限られ、そうでなければ成り立たない。

かくして、より強度をつけて、改めて自分のパラサイト状態を自覚させられることになった。〝ひゃっきん〟で余計なものを買い込んでくるくらいなら、ねぎの一本も生協あたりで買ってくるべきであるという家内の声が聞こえるようであっても、つい何気なく〝ひゃっきん〟に入ってしまうことを繰り返す。

これは、紛れもなく依存性の病気である。この自覚は、侘しいが、ステーショナリー・ハンター魂だけは、いささか品位が下がったが、なお潜伏中であるのが可笑しい。

PC遍歴――そして無能化

原稿用紙を使わなくなって久しい。ペンだこも消えた。

引き出しに大量に溜まっていた各出版社の専用原稿用紙も、ほとんど処分したり雑用紙に使って僅かとなり、目にとまる場所から消えた。

愛用してきた太い万年筆たちも、封書の宛名書きのために使われているだけ、というような不遇を託《かこ》ちつつある。

私は、コンピューターを弄《いじ》るくせに、キーボードのブラインド・タッチができない。最初からできなかったし、その気もなかった。学生の頃、やたらに重いタッチの英文タイプを使い始めたが、どうしても小指が使えなくて文字が絡み、やり直しばかりしていたからだ。電動タイプに変えてからも改善されず、馬鹿馬鹿しくも劣等感に苛まれたこともある。古いアメリカ映画を見ていると、時に嘲笑的に一本指でキイを叩いている場面があるが、それほどではないにしても、何か自分が映されているようで、嫌な気分になることもある。やけっぱちになって、初歩段階をスキップした〝つけ〟なのに、ピアノを習えなかったことに責任転嫁してこの問題を解消することにしてきた。

思えば、実は、ワープロ専用機なるものを使った記憶が薄い。初期のおもちゃのようなワープロが市販された直後に、〝NEC-98〟というPCが出てきて、それにすぐ乗り換えてしまった。最初は、五インチの大きなフロッピーを二枚も差し込んで、パタパタ、ピーピーと、よくもやったものだと哂いたくなる長閑なものだった。

高い金を捻出してハードディスクを使うようになるまでは、第二水準の漢字を探すのも大変だった。そして、次々に出てくるソフトとシステムの更新に追いまくられて、テクノロジーの習得なのか、それともただの遊びなのかの、焦燥の自己嫌悪感にも陥った。この間、本来の研究が疎かになっていたのではなかったか、と忸怩たる思いも残っている。

WINDOWSを使うようになるまで、原稿を書くときの私の愛用ソフトは〝松〟という、今はない文書専用のアプリケーションだった。DOSV汎用機が出てきても、ずうっとこの〝松〟を使い続けて、公文書も原稿もすべてこれに慣れきっていたが、教材作りだけは〝P1.EXE〟という図形ソフトを使うようになった。しかし、WINDOWSのOSとソフトが搭載された汎用機が市販されるに及んで、何もかもが激変した。自著の『現代福祉システム論』は、わざわざ有斐閣《ゆうひかく》の編集部が五インチのフロッピーを三・五のテキストに変換してくれて、それに手を加え直すという厄介な手順を踏んだ。今や、マイクロソフト〝帝国主義〟の餌食になったまま、そこから抜け出せなくなっている自分が情けない。

しかし、本当に情けない事態は、その先にあった。

PCの巧緻化・高度化は、すでに私の能力が及ぶ範囲を超えてしまった。時々生じるトラブルも自分では修復できず、人頼みの回数が増すのに比例して、自分の無能化が進んでいる。デジタル配線の設定やウィルス処理もできず、漢字も忘れがち、と落ち込んでいたら、原始の生活に戻れない自分の弱さと危なさに気づき、咄嗟に〝無能化〟に動顛《どうてん》した。

三畳一間

私は、神田川近辺に住んだことはない。

しかし、南こうせつの「神田川」という歌を聴くと、懐かしさよりも涙と笑いが同時にこみあげてくる不思議な情緒の揺れに襲われる。

私は、学生時代、ほんの僅かの期間、三畳一間の下宿に住んだことがある。〝ほんの僅かの期間〟という方に強調点があって、このことは〝三畳一間〟の侘しさのことよりも、実は、ことさらに思い出される「期間」のことで悲哀の意味が重い。

ことの経過は、以下のとおり、いささか事情が込み入っている。

私は、病後、信州の叔父宅の居候まがいで過ごし、大学に進学して上京した時は、男女共寮制だった学生寮に入った。ただ、一年後に、寮の定員オーバーによって男性学生だけが元政治右翼（ＧＨＱ接収）のポンコツ空き家に移ることになり、併せて集団生活から離れたい誘惑もあって、安い下宿を探し当て、私は寮を出た。金もないのに無謀といえば無謀な浅はかさであったが、これで〝三畳一間〟とはいえ、確かに自分だけの空間ができた。

その後、しばらくの間、三軒茶屋の静かな住宅地の下宿と大学の間を気分よく通学することができた。

しかし、二、三ヶ月もしないうちに、その下宿を追い出されたのである。私を追い出すために、下宿のおばさんから難癖をつけられた理由は、私が連日のようにさんまを焼いて家中をいつも煙だらけに〝汚染〟し、他の下宿人からも苦情が出ている、というお粗末であった。個室以外すべて共同の自炊の下宿では、それなりのマナーが必要であることは知っていた。ただ、簡単で廉価なおかずといえば、〝さんまに大根おろし〟くらいしか私には選択肢がなかった。連日、それで満足していたわけでは決してない。不満をぶつけても仕方がないので、私は即刻その下宿を飛び出した。

当時、換気扇など普及もしていないし、見たこともない。そもそも、私は自炊の手ほどきを誰からもまだ受けてもいなかったのである。だから、〝さんま〟の件でなじられたことよりも、折角の下宿を僅か二、三ヶ月で追い出された屈辱の方が、悲哀として残ったまま、下宿というものに後味の悪さと厳しい基準が矛盾して、今も私を捉えてやまない。

確かに、怖さを知らない若い頃の貧しさは、どんなに無謀な生活実態だったとしても、後で笑える青春のひとこまかもしれない。「神田川」を懐かしく口ずさむことができるのは、今は〝神田川の下宿〟に住まなくても済む安住を獲得しているからである。

津村節子の私小説に『瑠璃色の石』（新潮文庫）なる、吉村昭との学習院時代からのエピソードを題材にした長編がある。偶然にも、そこに登場する吉村は〝高沢〟という姓である。夫・吉村が太宰治賞をとるまでの困窮生活は、見事に若い頃の私の生活と二重写しの面影を映し出している。生活を支える主婦・津村の目を通して描く共同間借り生活は、なまじ同姓の〝高沢〟の困窮であるために、身につまされて頭の中の映像化が真に迫る。

三畳一間の猥雑な暮らし方が身についていたのか、私の書斎が使用面積に比例して隙間が狭くなっているのは、五〇年前の〝三畳一間〟の怨念なのか、とつい考える。

『病牀六尺』に重ねて

「病床六尺、これが我世界である」

新聞『日本』に、正岡子規が連載した一二七回分の第一回目の〝書き出し〟部分である。明治二八（一八九五）年、病に伏してから六年余りが経って、死を予感しつつ書き綴り始めた正岡子規の記録は、単なる「闘病記」ではない。

その日々の記録は、文学や美術を論ずるだけではなく、あらゆる分野にわたる好奇心にもとづく批評精神の発露となっているからである。病に伏した状態でしか書けないからこそ、結果として「病床記」になったといった方が当たっている。

結核という病気の進行と苦痛の記録は、事のついでに記したものであって、発熱の記録も五回目に「三六度五分」とあるだけで、死に至るまでの病状進行の記録として読むべき内容はあまりない。むしろ、肉体的苦痛や病気そのものの進行、あるいは死生の問題については、諦めに近いある種の思考停止といってもよいほどの潔さに充ちている。そして、不満や憤りは、精神的な〝介抱〟のあり方や家族にぶつけられているのである。

連載一〇〇日目で、彼は〝余命〟日数を意識した。状袋（封書）の宛名書きが面倒になって、新聞社に一〇〇枚を依頼したところ三〇〇枚が届けられた。一〇〇日が過ぎて、後の一〇〇日を想像しながら、それでもまだ二〇〇日（約半年）分の袋が残る。この心情は「半年もすれば梅の花が咲いて来る。果たして病人の眼中に梅の花が咲くであろうか」という結びの言葉で締めくくられる。

新聞連載は、その後一二七回まで続き、状袋を二七〇枚余り残し、最後の連載では次の詞で結んで翌々日に息を引き取った。

「俳病の夢みるならんほと、ぎす拷問などに誰がかけたか」

しかし、彼の絶筆は、昏睡状態になる直前の〝辞世の句〟であるが、『病牀六尺』（岩波文庫版）本文に収められることはなかった（現在の版には掲載あり――編注）。

結核カリエスならば、衰弱しながらも鮮明な意識を最後まで残しているから、意思と執念があれば〝書く〟行為は可能であったかもしれない。しかし、現代病の治療環境では、この種の臨終の仕方は仮に意志があっても実現しにくい。今は亡き吉村昭でさえこのような死に向けての原稿を生前に公表していない。癌で病床に伏していることを知人にさえ知らせていなかった。反転して、私は吉村の死に方について考えることになった。

吉村は、昭和五九（一九八四）年、『冷たい夏、熱い夏』（新潮社）という書名で、弟の癌死の記録小説を書き、自らの病気体験を重ねて実弟の臨終までの瞬間の機微を描写した。主題は実弟の死でありながら、病気と死をめぐる家族共同体のなかで、自身が選択していく立ち居振る舞いについて、坦々とした筆致でさまざまな揺れの論理と心情を自己解剖している。

吉村が自分の死で選択したある種の〝尊厳死〟は、弟の死と重ねて、二〇年以上も前から、この小説のなかにすでにその芽を宿していたに違いない。

いろいろな臨終があってよい。問題は、自分でそのかたちを決められるかどうかだ。

養生『訓』の逆接

今どき、人間は現代医学に頼りすぎると、二種類に分かれてくる。

第一類型は、自分の心身のすべてを高度な専門医に任せきりにし、医師に全幅の信頼を置いて自らは何一つ判断することなく指示にしたがって生きていく。第二は、常時から現代医学の最新知識をふんだんに吸収して、病気になった時は神経症的といえるほどにあらゆる医学情報を渉猟し尽くし、臨床医を信頼しなくなって次々と主治医を変えていく。

どちらも極端な類型ではあるが、いずれにしても不幸この上もない。

私は、どちらかであるようで、どちらにもなれない。大概の平凡な人間は、この大雑把などっちつかずの日常の生きる知恵を、祖父母や父母の伝統的な「養生訓」として授けられながら、成人して寿命を天命として縮めていく。そのくせ、突如、救急車を呼ぶ。

それにしても「養生」という言葉は、土木、建築では工事箇所の防護、または植物の生育、施肥などの手当てなども意味して、人間の病気や病後の手当てだけでなく、健康増進、活力の維持などにも、広く使われる。そのように考えると、人間の体も自然の一部であり、生活条件の保全をも意味するわけで、くよくよせずに気楽な気持ちになってきた。

かくの如く強気になって、偉人の『養生訓』など何ほどのものか、と思いながら、貝原益軒の原文『養生訓』（講談社学術文庫）をひもといてみた。率直に言って、今日的には医学書とは言いがたく、文芸作品の古典として痛快で面白い。そのつもりで読めば、「健康論」もしくは「人生訓」として、失礼ながら読んで損はないし感じるところも多い。

「わが不幸にして福うすく、人われに対して横逆《おうぎゃく》なるも、うき世のならひ、かくこそあらめ、と思ひ、天命をやすんじて、うれふべからず」（巻第八・一五）

この訓戒は、あまり受け入れたくはないが、七〇歳を過ぎた高齢者限定づきなので、私でも聞く耳だけは持っている。しかし、漢学者が中国の医書から孫引きした書にすぎないかどうかは別として、「熟達した医者は養生書は書かない」と断言したのは、この書の別の訳者（中公文庫）でもある松田道雄であった。貝原の『養生訓』の最大の難点は、八〇歳を超えてから書いていながら「老衰」について何一つ触れていない、という点が重要である。この問題に関して、執筆時年齢と暦年齢のズレから生ずる錯誤についての松浦玲『還暦以後』（ちくま文庫）による分析と指摘は、面目躍如たるものである。松田の貝原評は、三〇年を経過して自らが老境に入ってから、すっかり変わったというのである。

実は、益軒の『養生訓』を「長命法」として扱っているかぎり、老人にとっての最期の瞬間をどのように迎えるかの問題には、何一つ役立たない。人間、どのように養生しても、永遠に生きているわけにはいかないからである。

書名につられて、吉行淳之介『淳之介養生訓』（中公文庫）も読むことになった。吉行は肺結核で肺切除をしている身でありながら、その養生〝訓〟はもっぱら持病の喘息とアレルギーに関する経験談である。彼には「安楽死」願望があったが、〝鬼籍〟はもっとも嫌らっていた癌（肝臓）によるもので、まさに貝原がつけた区切り、享年七〇歳であった。

去定譚《きょじょうたん》――『赤ひげ』

ＮＨＫ、ＢＳで、黒澤映画『赤ひげ』を観た。〝どん底〟描写なのに爽やかだった。

「おまえはばかなやつだ」

「先生のおかげです」

「ばかなやつだ。きっといまに後悔するぞ」

幕切れで交わす、新出去定《にいできょじょう》（三船敏郎）と保本登（加山雄三）の台詞である。

「おまえはばかだ」と言ってくれそうな尊敬する〝師〟がいてくれれば、私も言われてみたい。しかし、私の歳では、もはや手遅れだ。

情動が貧しいと自認している私にしても、この感動的な場面がとても気に入っている。

そこで、原作の山本周五郎『赤ひげ診療譚』（新潮文庫）の該当箇所を探したついでに、新潮文庫編『文豪ナビ―山本周五郎』（新潮文庫）という解説本を開いてみた。なんと斉藤孝が、この台詞を含む一節を「声を出して読みたい山本周五郎」として、特別に選んでいるではないか。試しにやってみようとしたが、映画のシーンが頭をよぎって気後れしてしまった。「声を出して読むこと」の効果と大切さに気づいたのが、自分でも可笑しい。

冗談半分の余談はさておき、八連作の『赤ひげ診療譚』は、貧困の悲惨と医療荒廃、人間の生き方などに、さり気なく警告を発する問題提起の小説である。作中の新出去定は、小石川養生所の〝赤ひげ〟

という綽名《あだな》をもつ滅多にいないような名医である。〝譚〟とは、現実にありそうもない噺《はなし》という意味でもあるから、単なるフィクションというよりも、理想化した医師像を強い意志で描こうとしたことがわかる。師である〝赤ひげ〟のような医師が現存し得るかという疑問を掻き消して、後継者である医師見習いの保本登の明日の姿が予告されて、噺は閉じられている。しかし、江戸時代が遥か遠くなっても、このように理想化されて描かれた医師像が、未だに、あまねく当たり前になっているわけではない。

長編小説のディテールは、黒澤による映像化によって集約的にアクセントを強めることになった。映像効果と効果的捨象が反響し合って、黒澤の豪快なヒューマニズムと山本の温和な義侠心が通底する。どちらを先に観るか読むかで、多少の違いはあるにしても、相乗化が起こる。彼の本は、貸し本屋で庶民に読み継がれていたベストワンだったのである。

山本周五郎の反権威主義も手伝ってか、彼の〝文学〟が純文学なのか大衆文学なのかの論争があるらしい。すべての文学賞を辞退した反骨と関係しているわけでもあるまいが、そもそも〝文学〟という範疇で小説を裁断すること自体が虚しい。彼の作風に対する、いわゆる〝ポピュリズム〟批判を小説の世界で論争しても意味がない。難解であろうが読みやすかろうが、小説が目指すものは、魂に呼びかける物語である。

私が小説を読むのは稀だが、黒澤明が山本周五郎を好んだと同じように、私も〝曲軒《きょくけん》〟（へそまがり）という綽名《あだな》をもつ彼の作品を楽しみ苦笑し共感して、元気づけられる。貧困と病苦の悲惨を限りなく描きつつ、爽やかな優しさが滲み出してくるからだろうか。

因みに、彼は、中島健蔵、小林秀雄を嫌っていたといわれる。宣《むべ》なるかな、である。

長い〝あとがき〟の意味

文庫本ばかり読んでいるうちに、変な癖がついた。つい、途中から順序を飛ばして、〝あとがき〟を先に読んでしまう癖である。

大概の文庫本は、売れ筋の単行本の文庫化であって、必ず多少の時差があるために、文庫化にあたっての丁寧な〝あとがき〟がついている場合が多い。古典ともなれば、長文の解説がついているので、専門外の名著の場合、邪道かもしれないと思いつつ、順序を逆さまにして読むこともある。この癖は、研究職の習性がなくなってから、知らず知らずのうちに身につけてしまった。あちこち脈絡なしに濫読する上で、参考指針が欲しいためらしい。しかし、文庫化のための〝あとがき〟にしても、古典の〝解説〟にしても、それ自体として、多少は短くても貴重な作品であり文献的価値がある、と最近は思うようになった。

特に、優れた一級品の著書が文庫化された際の〝あとがき〟は、単行本との時差があるほど、なおさら、私には興味津々である。その上、妙な言い方だが、本文の内容が、分析的に論理が重ねられ、呆れるほど禁欲的に記述が進められている気配が感じられるほど、〝あとがき〟に垣間見られる筆者に秘められている心情が強く伝わってきて、本文各所の行間の読みに役立っている。

それらの例示を挙げればきりがないが、最近、読んだものに限ってみると、副田義也『死者に語る』（ちくま新書）と佐藤優『自壊する帝国』（新潮文庫）が、私に抑えがたい情動を呼び起こした。それは、主題の奥に隠れている特別な意味をもつ人の存在である。

前者は文庫本ではなく、書き下ろしの新書本ではあるが、文体、内容ともに新書らしくない〝弔辞〟に関する分析書である。しかも、キリスト教会各派において厳格に規律されている〝弔辞〟の意義について多くの頁を割いている。

何故、〝弔辞〟に学問的な関心をもつことになったか。筑波大学時代のもっとも信頼する同僚の急死に直面して、プロテスタント牧師の家庭環境で育んでいた戒律、偶像崇拝の禁止にもとづく「対会衆型の〝弔辞〟」のあり方に、いわば違反して、「死者への語りかけ」(対個人型)の形をとって表現するしか、友人の葬儀に向き合うことができなかったからであった。一昼夜かかっても、対会衆型の弔辞はどうしても書けなかったのである。

終章の半分は、執筆以前の心情を明らかにする意味で、別の〝あとがき〟以上に、まさに〝あとがき〟的である。そして、最後に「死者は記憶の中にしか存在しない」からこそ、〝弔辞〟を超えて「共に生きた日々」について書くことを、死者に約束することになった。

ソ連〝帝国〟の崩壊期にモスクワ大使館の書記官であった佐藤優が、もっとも信頼していた友人は、サーシャなるモスクワ大学留学時代に寮の同室であったラトビア生まれの哲学青年であった。文庫版の〝あとがき〟は、夢にまで見るサーシャをめぐる話が満載である。佐藤のインテリジェンス感性は、この超人的な秀才サーシャに負うところが大きい。

二つの著書では、いずれも〝あとがき〟部分を見て初めて、記憶のなかの確かな人の存在感と執筆作業を終えた後の豊穣な情感が、私の琴線に伝わってきた。

変人とバカ――莫迦（moha）

「あるていど歳をとれば、人にはわからないことがあると思うのは、当然のことです」

養老孟司『バカの壁』（新潮新書）の冒頭部分、この意表をつくセンス溢れる書名の経緯と本の成り立ちについて、軽く書き流している箇所の名言（あるいは迷言）である。

ベストセラーになる前に、何気なく読んであったが、〝馬鹿〟という言葉の隠喩について考えたくて、改めて読み返してみた。養老氏の問題設定は、私の考えている意味とは少し違っている。しかし、改めて面白い、役に立った。私の思考の幅も広げてもらった。

いろいろな〝壁〟に気づいて、落ち込んで諦めるか、今さらのように一点突破を目指して挑むかは、人それぞれの資質の問題かもしれない。しかし、〝バカ〟という命題に限定されると、私にも腑に落ちるテーマはいくつもある。

私は、いつも自分の能力の限界を感じて生きてきた。そのことに居直るつもりはないが、愚直なまでに自分を一旦どん底に落としてから這い上がる癖をつけてきた。そして、〝愚直〟という言葉の魅力に取り憑かれてきた。本当は、自分のなかに潜んでいる生きるための〝狡賢《ずる》さ〟を隠すためであったのかもしれない。しかし、ともかく〝愚直〟であろうとしてきた。〝愚直〟とは、バカ正直という意味である。

ところが、そこで使っている〝バカ〟の意味は、飛びぬけて極端という意味であって、別に知性や能力とは関係がない。「専門バカ」とは、その道を極めつつある人のことだ。バカ丁寧、バカ笑い、バカ陽気なども、単に限度を超えているということにすぎない。だからといって、正直にも限度があってよいのだ、と容認できるのであろうか。

日本社会は、八百万《やおよろず》の神の世界で、一神教の世界と違い、究極の真理を突き詰める習性に欠けるという。その善し悪しを別として、このいい加減さの効用と限界認知の壁の意味とは繫がるのだろうか。ともかく、バカにもいろいろあると思う。

私の古い教え子の一人に、自分の〝変人〟ぶりを自嘲気味でありながら誇らしげに語る女性研究者がいる。私は、彼女に羨望を込めて、「研究者は、みなバカか変人だ。そうでなければやっていられない」と言ってやった。そして、「バカに徹することができなくなったのが悔しい」と、最近メールを送った。研究者廃業を知らせるためであった。

もともと、「馬鹿」は莫迦（moha）の当て字で、サンスクリット語では僧侶の隠語であった。そういえば、私のへそまがりの危険な用語法の癖で、気楽な場面の気の許せる親しい人を、尊敬の念を込めて〝バカ〟呼ばわりしてしまうことがある。そんな時、私の頭の中には、〝愛されるバカ〟、〝尊敬されるバカ〟というような意味合いがある。しかし、並外れて特異なキャラクターの人を、親しみと羨望を込めて〝変人〟呼ばわりするように、〝バカ〟も必ずしも蔑称ではなく、ほぼ同じような機微に富んだ意味合いになろうか。

吉村昭のエッセイに「変人」という題名の、かの吉村を〝変人〟扱いした痛快な老練編集者の人となりについての一文がある（吉村昭『わたしの普段着』新潮文庫）。

今は亡き両者とも、仕事の鬼であって、頑固振りにかけては相当な〝変人〟であった。

「健忘力」

近頃、本屋の棚に並ぶ書名で妙な接尾語に遭遇し、時々苦笑する。

若者が次々と流行らせる新語や流行語は、何ヶ月くらいの寿命があるのか、という瑣末な事柄の延長線上にある言葉の逆転効果についてである。

若者文化の中にやたらに蔓延《はびこ》っている略語、そしてその中の一つに〝ＫＹ〟という二文字がある。そのローマ字の意味する内容を、政治家が議会の論議で使うまで、若者との付き合いの不足のためなのか、私は知らなかった。しかし、その意味を知ってから驚いたのは、若い人が用いる隠語の陰湿な使い方よりも、政治家の政治感覚の〝鈍さ〟を指弾するための攻撃用語として使われていることだった。

「空気（Ｋ）が読め（Ｙ）ない」この意味は、要するに正常値より感覚が〝鈍い〟ということである。ところが、反応が過敏で度を越すことを戒めるために、〝鈍感力〟の意義を強調する政治家が登場するに至った。そして、異なるコンセプトですでに市場に出回っていた一冊の同名の本が、本屋に山積みされロングセラーとなった。いわゆる反語ないしは逆説が持っているインパクトは、確かに問題提起の有効な手法であるかもしれない。しかし、何にでも「力」という用語を付け加える風潮は、経済の減速、制度の空洞化、政治的アパシー、政治リーダーシップの不足など、日本社会に蔓延しつつあるパワーの喪失という事象の反映らしい。もともとは、「力」という概念は、能動的な人間の営為が本来醸し出しているべきエネルギーを、さらに増すための原動力を意味していた。たとえば、地域力、教育力、会話力、集中力などの日常語は、誰でも特別に悩まずに理解可能である。

しかし、世の中のパワー不足を嘆くあまりに、反語的造語が、巷に溢れ出している。特に、出版不況による焦りのためか、営業主導によってプロデュースされた露骨な書名の本が氾濫しているが、中にはまったく意味不明なものまである。一九九八年初版のベストセラー書、赤瀬川原平著『老人力』(筑摩書房)にあやかったのだろうか。その書名の〝老人力〟は、政治的な〝オールドパワー〟というアメリカ発の常識的な意味とは異質の、〝侘び〟、〝寂び〟から脱皮した、そこはかとない風情を醸し出す年輪を重ねた熟年のエロスのようなものであるらしい。一旦火がつけば、事柄は果てしなく広がる。

今や、留まるところを知らない、さまざまな反語としての新語・造語を否が応でも浴びせられることになった。亭主力、晩年力、夢中力、転職力、空腹力、退屈力、などなど……、まだまだ引用しきれないほど本屋には「力」が並んでいるが、私自身が最後に追加してみたくなる極めつけの〝健忘力〟も、その類である。一つ一つ定義を引用してみたい衝動にも駆られるが、あまり何かの役に立つ作業でもないので止めることにした。

「耄碌《もうろく》」という言葉は、このところ聞かれなくなった。「耄碌力」などという使い方をすれば、それはすでに差別語となる。しかし、忘れることですべてをリセットする特技は、精神の健康維持のために大切な鎮痛剤ではあっても、忘れてはいけないことがあるからこそ、意識的に〝健忘力〟の意味も俎上に載せてみなければならないかもしれない。

〝無知〟を楽しむ

自慢できることではないが、〝無知〟に気づいても、最近、恥を感じなくなっている。老いて鈍感となり、世の中への関心が薄れ、諦めが強くなってしまっているからでは、決してない。知らないことのあまりの多さに、今さらながら呆れ果てた結果の悟りのようなものである。自由の身になって、平然とこんなことが言えるようになったことが嬉しい。

ＮＨＫの昼近くの番組に、「〝知る〟を楽しむ」という、面白い企画の再放送番組がある。現役の頃には、時間帯からいっても視聴ができなかった。意外なほど他分野にわたる内容の、まるでカルチャー・センターの講座が茶の間に出前されたような、テレビならではの出来栄えである。このような番組の視野の広がりからは、閉じこもりがちな老いの世界に何気なく知の刺激が注入される。すると、いつの間にか〝無知〟を恥じる気持ちもすっかり消えていた。すっきりした気分になれた。知らないことの範囲がわかるからだ。ただし、漫然と間口を広げるわけにもいかないので、好奇の対象の拡張は、当面のところＮＨＫ任せとしている。そこで、書棚に放置して忘れかけていた〝青少年向き〟のような書名の本を気楽に読んでみたくなって、取り出して、しばし覗いてみた。

結論的にいうと、その本たちは、生半可な予備知識で手に負えるような内容ではなかった。十分に知的興奮を刺激してくれたが、敢えて表題でやさしさを強調するだけあって、難解と物量という高い壁を見せつけないための営業用の偽装ではないかと思ったほどである。

たとえば、私の思考回路のように無節操だが、ランダムに並べてみる。

イザヤ・ベンダサン／山本七平《しちへい》『中学生でもわかる　アラブ史教科書』祥伝社

読めば読むほど、論理の意外性を発見できる〝七平〟マジックは、私にとって常に清涼剤のようなものである。しかし、アラブ史やイスラム史は、ほとんど何も知らないので、「中学生程度の常識」のレベルの設定で書いたといわれても、私の頭は十分に撹乱された。

日々のニュース、ルポやドキュメンタリーを見ながら、現代的課題に収斂されているうちに、中東理解はとんでもない誤解の連鎖と蓄積が進む、ということが、少しだけわかってきた。五〇〇〇年の民族史は、謎だらけである。

内田　樹《たつる》『寝ながら学べる構造主義』文春新書

五分もしないうちに、眠ってしまうか、正座して蛍光ペンを握り直すか、どちらかになる難解な新書本である。〝寝ながら〟読み続けることは、まずできない。日本語の語感から勘違いもする〝構造主義〟について、フランス現代思想の系譜から解き明かしてくれる。

内田が名づける「構造主義四銃士」（ストロース、ラカン、バルト、フーコー）たちが、ソシュールの言語学を原基としていることを知ったことは、思いがけない収穫だった。

まさに、限られた〝私の言葉〟は、ほとんど〝他人の言葉〟のストックにすぎない。

筑摩書房編集部『17歳のための読書案内』ちくま文庫

手遅れとは知りつつ、一七歳の気分に戻りたくなるほど、読まずにきた本ばかりである。

頭にまだ隙間が必要であることを知るのも楽しい。余命を計算しないことにした。

古道と峠道

蚤虱《のみしらみ》　馬の尿《しと》する　まくらもと　（芭蕉『おくのほそ道』）

松島、平泉、景勝地や金色の栄華を肌で感じた直後、芭蕉はねぐらで凄まじい衝撃を感じたに違いない。見事としか言いようのない感動的な句である。岩手から尿前《しとまえ》の関を怖々越える前、出羽の国（山形・秋田）に出る峠の宿・南部曲がり屋での異常体験である。

しかし、多分、芭蕉にとって、昼でも暗い山刀伐《なたぎり》峠の道の方が、ひときわ恐怖を感じた旅であったに違いない。元禄二（一六八九）年の時代でも、〝古道〟とは、ガードマン（屈強の若者）を必要とするような危険な道であったのであろう。藤森栄一によれば、〝古道〟とは、〝かもしかみち〟とほとんど同じ意味になるらしい。要するに、〝獣みち〟でもあり、〝縄文時代のみち〟でもある。一九六六年版『古道』は、戦前版『かもしかみち』の改訂版でもあったが、藤森栄一『古道』（講談社学術文庫）は、民俗学、考古学の文献を用いて、自らも信州の山道を隈なく歩いて書き上げた著作である。当然、芭蕉の感性を理解するための読み方とは違っていなければならないし、多少の知的な素養も要求される。ともかく、文句なく面白く、勝手な仮想の〝古道〟に入っていける。

ただ、脱線するようだが、この両者には不思議な類似点があり、〝匂い〟の感覚の異様さにそれが存在する、と私は気づいた。芭蕉は、人とねぐらを共にする馬の尿の〝匂い〟と排出圧に圧倒され、藤森は、少年の日、清里で道に迷い出会った末に泊めてもらった小屋で、出稼ぎ人夫たちが醸し出す植物性の〝性の匂い〟に圧倒された（九四〜九九頁）。いずれにしても、日常性を超えたところで感じる奥地の営みの〝匂い〟である。

私も若い頃、中途半端ではあったが、登山らしきものをした。肺活量が足りなかったので、三千メートル級の高山には登れなかったし、登らなかった。だから、登山なのか、それとも並みのハイキングにすぎなかったのか、緊張感ある登り方ではなかったようにも思う。ただ、市販のガイドブックに載っているお決まりコースはできるだけ避けた。七〇年代には神経を逆撫でされるような喧騒を撒き散す狂乱の登山ブームが始まった時でもあったからである。〝古道〟と〝峠道〟と〝登山道〟は、それぞれ、まったく別物なのだ。

山の喧騒を避けるようになって、五万分の一地図で、低い山を歩くことになった。私が、無謀にも名もない山で獣みちに度々迷うことがあったのは、その祟りであったろうか。

奥深い山道はどんなに悪路でも、車で通る限り、もはや〝古道〟の面影はない。それでも、敢えて中仙道ではなく、高遠《たかとお》に出る杖突峠《つえつきとうげ》、八ケ岳《やつがたけ》の麦草峠《むぎくさとうげ》など、信州の横断ではことさらに峠の急斜面に分け入った。少しでも、山に入って〝古道〟の代用として〝峠道〟の急坂を空気で感じていたかったからである。〝古道〟の定義などは、どうでもよかった。

高齢で歩けなくなると、山好きの人はよく地図を辿りながら山岳雑誌や紀行文を読み耽る。想像力を逞しくして頭のなかで〝古道〟を感じるには、もはや藤森の『古道』のような優れた著書に頼るしかない。芭蕉の『おくのほそ道』にして、然りである。

白と黒

番《つがい》の猫の話ではない。

昔のシロクロ映画についての回想でもない。ただ単純に、冬の情景のことである。

雪国に住んだことがない人の中には、純白の雪の中で暮らすことへの憧れのような心情をもっている人がいる。決して多いとは思わないが、確実にいる。しかし、大概は、雪国の過酷な試練と、そのことによって雪国からの逃亡願望を捻じ伏せながら人間が鍛えられている人、または敗北している人などの、さまざまな人間模様について知る機会は少ない。

この世に、単色の世界など存在しないが、純白の世界は、ある意味で〝無〟の世界である。漆黒の〝無〟と正反対の〝無〟であるが、どういう訳か不安な気持ちにはならない。それどころか、静寂の状態という条件の限定づきであるが、純白の〝無〟の中にいると、とんでもない想像力、というよりも他愛のない思考の飛躍に襲われることがある。

白鳥は、何故限りなく白いのか。

雪と氷の世界に溶け込み、保護色として自衛しているだけなのか。

では、何故ツキノワグマは、ピカピカと黒光りしているのか。

鶴が白と黒で誇り高く調和しているのは、何故か。

このような、暇をもてあまして出てくるような話題は、あくまで〝たとえば〟の話であって、私がいつもこんなことばかり考えているわけではない。仮に大同小異だとしても、この言い訳は次の話題にとっての伏線として不可欠だった。

ただ、幼児が考えつくような素朴な愚問であればあるほど、静かな風景に馴染んでくる不思議さは、氷点下の寒さにもかかわらず静寂の純白の中に佇んでいられる平穏のお陰である。それは、私の場合、広い〝乳白〟の牧草地の雪面や、厚く凍りついた湖や池の〝漂白〟の、なだらかな眺望であった。

新年に入ってすぐ、雪深い冬の乳頭温泉の帰りに何気なく秋田の角館に寄ってみた。

武家屋敷の通りに、人影はまったくなかった。そこは、たっぷりと雪を被っているにもかかわらず、雪の〝白〟よりも武家屋敷の〝黒〟の佇まいが、私の視線を鮮烈に奪った。白は、黒によって、〝白の意味〟をすっかり変えていた。また、人影がまったくないことによって、私は百年単位の時代を引き戻されて〝白〟と〝黒〟を見ていた。その〝白〟は、決して〝純白〟ではなく、過ぎた時代の東北の怨念を醸し出す〝蒼白〟であった。そして、私の頭の中から、他愛のない白鳥の白さについての愚問は消えた。しかし、角館の綿のように穏やかな雪は、垂直に音もなく降りしきっていて、長閑な救いももたらしてくれた。

逆に、酷寒の冬の雪は水平に吹きまくる。それを地吹雪というかブリザードというかは、必ずしも好みの問題ではないが、その昔、沖縄の友人を信州に連れていって、千曲川の川原の土手に立ったとき、彼は雪が横向きに降ることに驚き立ち尽くした。その時の冬の情景は、白と黒ではなく、全面灰色にくすんで、沖縄の友人を拒絶するような世界だった。

〝漆黒〟は、強い陽射を浴びた時だけ、さらに黒くなり、〝白〟に映えて寡黙を解く。

ONLY ONE 幻想

孤立と孤独は悲しい。まして排除と隔絶は、する方もされる方も悲劇だ。

自他がともに同質でありたい、あるべきだと思えば思うほど、唯一単独であることの意味は、反比例して、情緒的にも社会的にも決して好ましい結果を生まない。

しかし、不思議なことに、人はオンリーワンのもつ価値に審美的な衝動を感じる。ベストワンも一種のオンリーワンには違いないが、オンリーワンには序列というものがない。加えて、巷のオンリーワンには、極端に違う二つの魔力が潜んでいる。誰も相手にしてくれない孤絶・孤立のオンリーワン（無価値、無視）、それに、真似もコピーもできない冠絶・孤高のオンリーワン（羨望、高価）という、相反する価値の魔力である。

「高嶺の花」という俗語があるが、叶えられない希望を表す意味である。それは必ずしもオンリーワンとは限らない。単なる距離感を表しているだけで、絶対的な価値を含んではいないからである。しかし、「高嶺の花」にも固有種の花のように、ある場所にしか生育しないひっそりとした花もある。南アルプス北岳（三一九三メートル）に咲くキタダケソウは、その一つである。その白い花は、垂直六〇〇メートルの壁、バットレスの近くの白い草地に、遠い過去からの軌跡について自らは何も主張することなく、たおやかに花弁を開く。

誰も見てくれなくてもよい。見てくれない方がよい。私は三〇〇〇メートル級の山は登れないので、その花を見たことはないし、これからも拝むことができない。それはそれとして、最初にこの花を発見した人は、よほど花の分類に詳しい人でない限り、固有種であることを識別することさえできなかったに違いない。それまでは、ただ可愛らしい花であっただけなのに、固有種であることの絶対的価値の発見に、オンリーワンの意味が生まれたのである。その場所は、二万年前に南の海の隆起と北方の花が出会った白い石灰岩の草地だという。

北岳よりも高い富士山は、わが国でベストワンの山とされている。標高だけでなく、山容、信仰、観光その他諸々の尾ひれもついて抜きん出ているが、大衆化が進みすぎて、もはやオンリーワンの神秘性は失われている。それにもかかわらずベストワンなのであり、故に決定的に世俗化したのである。不幸なことに、明治政府の廃仏毀釈《はいぶつきしゃく》政策による破壊で神仏習合的な伝統的価値も失われ、またウェストンやハーンなどのイギリス教養人の眼に映った富士の内実は残っていない（上垣憲一『富士山―聖と美の山』中公新書）。翻って、人間の世俗社会にも、自称のオンリーワンがしばしば散見される。あらゆる生物は、人間も含めてすべてある意味でオンリーワンであって、まったく同一のものはまったくない。ところが、ベストワンになりそこねて、負け惜しみのようにオンリーワンを気取る人たちがいる。折角のオンリーワンが、自らを放棄してしまうようなものだ。

稀少のオンリーワンは、他者が認知することであって、自らオンリーワンを名乗ることはない。ちょうど、クレーや幼児の絵のように、すべての修飾と概念をそぎ落とした、ありのままの姿形の描写に対する凡人の憧れと同じく、オンリーワンが仮に幻想であったとしても、幻想であることを自覚さえできれば、それでよいのだ。

消えた地名――〝全国区〟の村の情景

何処に行っても、読み取れない地名がある。

ただ、知らない土地に行って、あまりにわかりやすく歴史も感じない名前であったり人為的すぎたりすると、合併時の揉め事をつい想像する。そして、その政治がらみの結末も知りたくなってくる。思考の飛躍は、私の悪い癖だ。

だから、身近な話に限ることにしたい。

真正面に岩手山を望むことができる天峯山という小高い山がある。真下には、広大な原野に散らばる農家を見渡すことができる。その頂上から一気に葛《つづら》折りの急坂を下っていくと、石川啄木の生家がある旧日戸《ひのと》村の樹齢三〇〇年の杉に囲まれた常光寺に着く。しかし、その村の名はもうない。その後転住した宝徳寺が位置する旧渋民の村名もすでに消えた。なんと、度々の合併で、私の住む盛岡市にすべて呑み込まれてしまったのである。昭和二九年に渋民村と合併した玉山村は巨大な山村であった。その玉山村も盛岡市に合併され、盛岡市は巨大な原野に包まれ、岩洞湖《がんどうこ》という本州一の寒冷地もあって、天気予報で有名となった。今は、〝盛岡市玉山区渋民〟という行政区もあるが、旧東北線の〝岩手銀河鉄道〟の駅名だけが〝渋民〟という〝日本遺産〟的な名で懐かしく旅人に語りかける。

私は、渋民には車で近道を使う。土地の人しか知らない旧奥州街道に沿って開発された観光道路のような道路に繋がる急な峠みちである。近すぎて〝渋民〟を訪れたという実感が湧いてこない。渋民は、私の住む盛岡市内の一部になってしまったからだ。

石川啄木は、あまり近すぎては、〝全国区・渋民〟の啄木ではなくなる。

信州・佐久病院と並んで、農村医療のメッカでもある沢内病院のある沢内村の村名も今はない。駅舎に温泉のある湯田町もろとも合併によって〝西和賀町〟となった。遠隔地の人は、西和賀の名で、〝温泉の湯田〟、〝雪の沢内〟とは気づかない。豪雪の厳しさを逆手にとって全国に名を馳せた沢内に憧れを持つ人は多い。私もかねがねその一人であったが、岩手に来てすぐ、冬の沢内で惨敗を喫したことがあった。吹雪のなか視界を失い雪庇《せっぴ》に突っ込みそうになって引き返し、悔しいので自宅に帰らずに、鶯《おう》宿《しゅく》の温泉宿で一泊した。

もともと伝統的な村落は、渓流や沢に沿っていつの間にかできるものであって、自動車道路に沿って形成されることはない。和賀川源流に沿って沢内街道を車で走っても、支流の集落は見えない。沢内は高原の〝鰻の寝床〟のように細長く、山に溶け込んでいる。

人家はまばら、突然の旅人には実像がわかりにくいのは、何処の山村でも同じである。

〝安比《あっぴ》〟のある安代町もその名が消えて、八幡平《はちまんたい》市となった。

一時期、スキーを積んだ車の〝APPI〟のステッカーは、原宿・六本木あたりでは、ステイタスシンボルであった。まさに〝APPI〟は、総合リゾート地そのものであるが、私の場合、犬を連れて散策するために、雑踏を避け避難小屋のある高台の草原に直行してしまう。

〝APPI〟は安比であって、本当は、原始を感じる原生林の高原なのである。

昔の風変わりで意味深な地名ほど、郷愁の価値を高く感ずる時代となった。

北帰行

〝北帰行〟は、別名〝北方志向〟でもよい。

もちろん、渡り鳥のことではなく、ましてや小林旭が歌った歌謡曲の題名を意味しているわけでもない。藤沢周平の心に突然のように浮かんできた東北志向についてである。

ただ、〝北帰行〟といったのでは、その原歌が、戦前の旧制旅順高等学校の寮歌であったことを思い出す場合もあり話題が逸脱しそうだが、もともと東北人であった藤沢が数十年も経ってから、まだ訪れてさえいなかった山形以外の東北めぐりを思い立ったことを考えれば、この比喩もあながち的外れでないかもしれない。

藤沢は、急に思い立った東北めぐりを〝六部〟（巡礼）に譬《たと》えたのである。

「この突然の東北志向は、鮭の母川回帰のようなもので、元来が東北人である私が、ある年齢に達したために急に北が気になりだしたというものかも知れなかった。とにかく私は、岩手や青森は東北のうち、行こうと思えばいつでも行けると思いながら、うかうかと三、四十年も東京暮らしをしてしまい、いまになってうろたえているのである」（『ふるさとへ廻る六部は』新潮文庫　六四頁）

このエッセイ集の不思議な書名に用いた古川柳の〝六部〟（「六十六部」の略）の意味は、私も最初は理解できなかった。それは、死を予感して弱気になった者が法華経巡礼することに因んだ句である。このエッセイを書いた九年後に藤沢は亡くなった。

藤沢は、病を圧《お》して四日ほどかけながら型どおりの岩手紀行を敢行して、一九九八年に『岩手夢幻紀行』と題するエッセイを書いている。旅程は、岩手に住む人間からすれば、あまりに型どおりすぎて、気の毒のような気もしないではない。率直にいって、文学を生業とする人に、このような観光案内は不要ではないかとさえ思えた。ただ、さすがにただの紀行文ではなく、東北人が東北人ではなくなっている距離感をもって自己のアイデンティティを探している葛藤の複雑さが伝わってくる。このように考えると、私は、つい司馬遼太郎の突き放したような紀行文との対比をしてみたくなる。

司馬は、韜晦《とうかい》を隠さずに次から次へと俯瞰的に学識の限りを尽くして話題に厚みをつけてくれる。一方、藤沢の紀行文は、東北紀行に関する限り、淡々として物足りないほどに細やかであり、そして内向的である。あくまで私の推測であるが、この紀行では、念願の東北志向の実現を十分に納得しきれていなかったのではないかとさえ思えた。

藤沢は、啄木の生地である寺に行く途中、〝釘《くぎ》の平《たいら》〟という地名と集落に目をつけた。しかし、案内の車は事も無げに通過した。古びた茅葺の屋根が並ぶ、如何にも東北の田舎らしい佇まいが、今でも残る集落である。決して観光地ではないが、この不思議な地名は、誰が考えてもアイヌ言葉の名残である。〝釘の平〟は、忍者でも出没しそうな物騒な地名だが、〝岫《くき》の平〟（ク・キム・タイ）が訛ったとされる。「仕掛け弓場・里山・森」を意味するようだが、地形的にも、〝蝦夷《えみし》〟の営みの豊かさを十分に想像できる。

旧街道から小道に入ると、この集落には時代劇の錯覚を覚えるような静謐《せいひつ》の香りが漂う。

〝ゴッド〟は〝神〟なのか

九・一一のニューヨーク世界貿易センタービルが崩壊した瞬間、あちこちから絶叫する女性の甲高い声が、私の耳にはつんざくような音で今も残っている。

「Oh my God!」

その時の女性にとっての〝ゴッド〟は、どのようなゴッドだったのか。私自身が驚嘆した瞬間でもあり、通常の災害時でも聞く絶叫でもあるので、今まであまり深く考えたことはない。日本人ならただ絶句するだけかもしれないし、若い娘なら「キャッ、ウッソ!」と叫んでいたのと同じことなのかもしれないなどとも考えてみた。つまり、日本人にとって、危機の瞬間に、それほど近くに〝ゴッド〟はいない。それどころか、〝the Gods〟(天井桟敷の客)という英語があるにはあるが、〝ゴッド〟が霊的な〝神〟とは関係なく、「お客様は神様です」とか「神様、仏様、稲尾様」などというように、わが国の俗世界の神様は、身近すぎるところにいくらでもいる。もはや数多の多神教の神々の意味でさえない。

そういえば、レーガン大統領も演説の後で、必ず〝God bless us〟といって演説を締めくくった。われわれは、この言葉を、毎回の口癖のように聞いていているうちに、いちいち「神のご加護を」と訳しては聞いていていなかった。しかし、レーガンや聴衆にとっては、ただの「ご機嫌よー!」でもないし、〝Thanks a lot.〟でもなく、語りの締めくくりとしては、彼らの理解するゴッドの意味で繋がっていたはずだ。それは、やはり俗世界とかけ離れ、原理主義的な信念に支えられた崇高な何かである。

「お天道様が見てるのよ！」何か良くないことをしたことで繰り返しを戒める時、このフレーズは母の口癖だった。お天道様とは太陽のことだとしても、私にとっては日中の日差しの意味ではなかった。確かに、宗教的にはまったく無意味である。しかし、何か絶対的に崇高な畏怖の対象がいつの間にか植えつけられていた。もしも、この幼児体験が底流にあって救済と畏怖の教理に裏付けられた文脈で母から何らかの宗教的影響を受けていれば、間違いなく一旦は特定セクトの教徒となっていたかもしれない。

信仰には、何らかの啓示が必要である。教理をいくら突き詰めていても、果てしなき論理の世界は論理の世界から抜け出すことはない。〝ゴッド〟はあくまで〝ゴッド〟でなければならない。〝ゴッド〟を〝神〟と訳した途端に、本来の教理自体からも離れ、まったく別な文化圏の文脈〝context〟の中で意味を変える。柳《やな》父《ぶ》章《あきら》は、このことを「コトバのカセット効果」といった（『「ゴッド」は神か上帝か』岩波現代文庫　二四二頁参照）。すなわち、特定の文化圏の言語構造は、それ自体で閉じた構造をもっているので、人の頭脳がその規制を受けている限りで、その構造に矛盾が生じるような意味は排斥される、というのだ。したがって、翻訳語を形として受け入れても特異な別のコトバを結果として作り出すだけだ、となる。新井白石『古事記伝』の定義では、「カミ」は、要するに「上なるもの」を単に意味した、といわれる。

軍服を着た天皇を知っているが、翻訳語の〝神〟の啓示に、私は接したことはない。

「父親喪失」の時代について

父とは、いったい抑圧権力なのか、それとも守護者なのか。

この二項対立（dichotomy）の問いは、現代では事実上無意味となっている。今や、どちらでもない。両面を備えたシニフィアンそのものが、両義性の本質を内包する父たる存在なのだという見方もあろうが、やはり、どちらでもなくなっていると考えざるを得ない。それが、「父親喪失」現象の意味である。

かくいう私には、実は、父について語るだけの資格が欠けている。幼い頃（小学生時）に父を失い、それも敗戦直後の行方不明、生殺しのような傷みが後で効いてくる唐突の「蒸発」というミステリーじみた欠損でもあるが、私自身も父性の自覚が足りない父親失格（権威性の希薄）に近い生き方をしていたためである。ただ、今日の社会問題化している「家族の危機」の蔓延に直面していると、個人的な次元だけで父親論を済ませておくわけにはいかない。「父権」という概念を持ち出すまでもなく、「父―子」関係は、子どもにとって、大袈裟にいえば国家像の形成の過程で重要な要因をなすともいわれているからである。

私は、父の背中を見て成人することができなかった。だから、父の〝老いと死〟のプロセスから学ぶこともできなかったし、父権に抵抗したり、その心情の意味を実感したりする経験を素通りしてしまった。良し悪しは別として、これはある意味で人格の一部欠落をもたらしたかもしれない。

小林敏明は、「家族の危機」の中心にあるのは「父親の崩壊」であるとしている。そして、精神分析家の妙木浩之の所論（『父親崩壊』新書館）を半ば批判的に援用しながら、危機に瀕している父親とは、「〈家〉から国家への連続性が断ち切られ、その連続性の担い手としての父親像に狂いが生じ」（小林敏明『父と子の思想』ちくま新書　二三〇頁）、その連続性を保証できなくなっていることだ、と要約している。その上で、「父親の居場所」をめぐるさまざまな選択肢に見られる神経症的悪循環の危険を問題視する精神医学的な観点では「国家や共同体は当事者たちの意思に関わりなく、かならず〝父〟や〝家〟に介入し、それを〝横領〟するという非情な事実」を見落としている、という（二三五頁）。

個々の父性は、家族のあり方にかかわる権力や宗教の言説とか一元的な帰依に偏向しなければ〝頑固親父〟と〝慈父〟とが両立することもあるかもしれない。それも、社会の外側で孤立して単独に父性が研ぎ澄まされればという、ありそうもない可能性である。現実の父性が身を置いている共同体の外側には、果てしない虚構の追及にしか道はない。

肉体と生殖を超越した「聖ヨセフ」信仰は、今日の「家族の危機」の時代に新たな脚光を浴びているらしい。ヨセフの不思議な立ち位置は、キリスト教の世界では霊的な父性の権威をイメージ的に補強してきたが、妻子のために苦悩し気をもむ人間くさい等身大の父性の普遍的意味をも生み出しているのだろうか（竹下節子『〝弱い父〟ヨセフ―キリスト教における父権と父性』講談社選書メチエ　参照）。

ただし、数多の実在する父性には、歴代の宗教画に描かれるヨセフとの互換性はない。

憧憬《しょうけい》の〝デクノボー〟

岩手に移り住んで間もなく、通りすがりの街中で小さな飲み屋の看板を見かけ、一瞬さして理由もなく、視線を止めたことがあった。その後、その店の前を通っていなかったが、その看板の名の発音だけが、何故か耳に残っていた。〝木偶坊〟と書いてあったか、それとも〝でくのぼー〟であったかを思い出せない。今は、すでに、その店がない。

どのように表記しようが、〝デクノボー〟という言葉は、不思議な響きをもっている。蔑称でありながら必ずしも差別的ではなく、自らをこの蔑称で名乗っても誰も本気に本来の意味で理解しないどころか、親しみを感じさえする。だから、店の名であったり、同人誌やサークル、クラブなどのネーミングによく用いられる。そして、その人たちは、どこから見ても通俗的な意味での〝デクノボー〟であったためしがない。

この記号化した言葉は、すでに本来の意味から離れている。

辞書を引けば、「役に立たない人」とか、「気転がきかない人をののしっていう語」（『広辞苑』）という意味もあるが、「人の言う通りに動くだけで、自主的には何事をも為し得ぬ人の蔑称」（『新明解国語辞典』）、「操り人形」（『辞林21』）などというような意味であるとすれば、もはや、このような意味では誰もこの言葉を頭でイメージしていない。

明らかに蔑称ではなくなった。もちろん、語呂合わせのように、尊称、僭称、賤称と並べてみても、どれもまるで当て嵌まらない。要するに、イメージが先行して、現代では実体のない理想的な人間像に対するほのかな憧憬を、半信半疑でこの言葉に託しているとしかいいようがない。

この言葉は、決して岩手特産の東北弁ではないが、宮沢賢治に関係していることは間違いない。しかし、宮沢賢治にして、決して〝デクノボー〟ではなかった。だから、この言葉は蔑称とし は用いられなくなった。〝バカ〟という言葉が、知能や才能とは関係がなく、愛すべき人柄や行動様式をも表しているのに似ている。

賢治が死の床で書いた「雨ニモマケズ」の詩を、六本木ヒルズの玄関で大声をあげて読んでみることを想像してみるとよい。「ミンナニデクノボートヨバレ／ホメラレモセズ／クニモサレズ／サウイウモノニ／ワタシハナリタイ」と、読み終わった途端に、そこの人ごみでは、「バッカみたい！」と面白がって冷笑するか、罪障感でその場にいたたまれなくなる人がいるか、の二種類の反応に分かれるに違いない。

宮沢賢治の〝デクノボー〟説は、いくつもあるが、賢治にとって尊称としての〝デクノボー〟のモデルは、キリスト者・斉藤宗次郎の生き方であった（山折哲雄『デクノボーになりたい―私の宮沢賢治』小学館四七～六六頁参照）。この仮説は、説得力があって胸を打つ。

賢治は、ダヴィンチのスケールほどではないが、謂わば〝万能の人〟であった。

〝デクノボー〟になりきれない現代の罪障感の持ち主は、何処に生きる目標を設けるかの個々人の精神のなかにしか、賢治の問いかけの答えは見つからないように思う。

憧憬があっても、この言葉本来の辞典的意味に近くなった私は、途方に暮れている。

辺境の構図

「国家の〈外〉は、つねに森のような身体をもち、そして言ってよければ、〈東北〉と言う名をもつのである」（中路正恒『古代東北と王権』講談社現代新書　一七頁）

私は、一時期、信州で育ったためなのか、迂回する距離感がありすぎて、東北の底知れぬ基底部分、とりわけ明治維新以前の東北の〝部外性〟や抑圧と抵抗の構図について、岩手県に移住してくるまで、真剣に考えてみる機会がほとんどなかった。もちろん、今でも多少手遅れの感があって、謎だらけ、わからないことだらけである。

「朝敵」のレッテルを貼られ、「白河以北一山百文」などと東北への蔑みを受けて、強烈なスプリングが芽生えてくる多くの個性的な人物像に圧倒されることがあっても、その歴史的な背景について、古代蝦夷《えみし》にまで遡って考えてみる手がかりなどもなかった。もちろん、近代国家の萌芽のなかで起こる事象を、たとえば〝征夷大将軍〟とはいったい何だったのか、という〝蝦夷征伐〟の源流を探る問いとして直接的にぶつけてみても、「朝敵」の定義が孕むクーデター的意味の解明には繋がらない。しかし、八世紀頃までの蝦夷《えみし》の残像が、戊辰戦争期に改めて〝朝敵〟の汚名を着せられたことで、辺境のイメージが再生産され続け、固定化されてきたことは事実であろう。それは、私などの都市型の人間が考えてもこなかったこと、すなわち、自分とは異なる世界の話であるという隔絶化によって、自分の世界の外側に追いやって時間を停めておいた結果なのかもしれない。

実のところ、盛岡の都市部に住んでいると、日常的な〝辺境〟の感覚は、現実感覚としてなくなる。今や新幹線に乗れば、二時間で首都圏に入る物理環境の中で生きている。

しかし、文明は突然に滅びることはあっても、文化は長期間かかって変わるだけである、といわれるように、森と水と人に囲まれて長く生きていれば、時間の尺度は、徐々に広がっていく。そして、とんでもなく飛躍するというほどの違和感もなしに、東方と西方、大和と蝦夷の構図が、私の内部に去来するようになった。

ただ、この不思議な現象は、決して郷土史的な好奇心からではなく、ユーラシア世界の謎の深みに嵌まって、もやもやしていた結果の副産物でもあった。

私は、ある時、網野義彦の次の言葉に躓き、暫くして自分の無知に気づいた。

「独自な伝統を背景にもつ東日本の社会が、この強烈な西方からの衝撃によって新たに動きだした」

（網野義彦『東と西の語る日本の歴史』講談社学術文庫　六七頁）

〝強烈な西方からの衝撃〟とは、大和朝廷の武力支配だけでなく、東方と西方の間の二重権力が辺境を絶対化し、また海の外から繰り返し押し寄せてきたユーラシア世界の帝国興亡のドミノでもあったろうか。しかし私には、「日本人は華僑の子孫」（岡田英弘『日本史の誕生』ちくま文庫　五三～五五頁参照）だというほどの思いきった仮説はもてない。

むしろ、蝦夷の駿馬、東国騎馬軍団の騎馬は、いったい何処からやってきたのかの謎に魅かれる。辺境の境目は、もとのままの辺境であり続けることはできない。しかし、辺境には辺境の独自の基層があって、外側から根こそぎ壊滅させることはできない。

「小南部《こなんぶ》」伝説

伝説なのか実録なのか、私はこの論点に特別な執着はない。

司馬遼太郎の驚くべき鋭利で幅広い見識によれば、まさしく実話なのだが、伝説と思っていた方が、多少の推論が入ってきても興味深く面白い話で済ますことができる。

安藤昌益と高山彦九郎にまつわる、青森県の八戸〝小南部〟談義である。

私は、青森県八戸市には、一度車で通過しただけで、地面を歩いていない。しかも、三陸海岸を北上して盛岡に帰るために高速道路の入り口を探して突然に大都市に飛び込んだ、という感じで八戸の市街地に入ってしまった。だから、その時、八戸の歴史の彼方には、意識がまったく向かなかった。遠距離ドライブで、へとへとに疲れきっていた。

しかし、司馬遼太郎の『街道をゆく3―陸奥のみち・肥薩のみち』(朝日文庫)を読んでから、八戸が近くて遠いが故に、昔の八戸を追って再度行く必要を感じてきた。そこには、南部藩の古い歴史の地底が掘削されていたからである。

司馬の〝旅談義〟にあやかり突然に脱線するようだが、ポストモダンの時代にあって、私は急に文化の基底にある言語や生活技術の自然条件などに関心を持ち始めた。今さらとは思いつつ、明治維新以前を捨象して現代史を考えている自分を深く反省するようになった。それは、ユーラシア大陸の一部として日本列島の文脈を見直す視覚であり、同じく歴史に潜んでいる数多の攻防や怨念を忘れないでおく感度でもあった。

たとえば、またまた飛躍するようだが、昔、私の勤務校があった原宿にトルコ大使館があったのに、オスマントルコの時代まで遡って、トルコ共和国の深層を覗く感覚は微塵もなかった。恥ずかしい。

話を戻す。

秋田生まれの医者が、何故八戸で独創的な〝農本的共産主義思想〟を育むことができたか。江戸期の秋田は海上を通じて京都に近く、八戸は本州最北端の荒地であった。八戸は、南部氏発祥の聖地のはずが、居城を盛岡に移してからは、ただの漁村として従属化し、後に幕命で八戸藩となった。元禄時代になってからの商業による八戸の荒廃は、農民の奴隷化であり、昌益が西日本ではありえない〝権力の情景〟を見て、過激な思想を抱く絶好の場所となった。農民（〝直耕〟者）に〝寄食〟する殿様、侍、足軽、商人のすべてを告発する〝田舎医者〟（E・H・ノーマン）の革命思想は、一揆に向かうのではなく文献の形をとった。漢文では読めないので、E・H・ノーマンの『忘れられた思想家―安藤昌益のこと』（岩波新書）という翻訳書のお陰で、一九四九年以後、われわれは漸くそれを読むことになった。

この農民収奪の地、八戸を、奇人の誉れ高い高山彦九郎も、大飢饉の惨状を伝え聞き好奇心に駆られ訪れて日記に記した。「人の肉を食らう」悲劇を動物学者のような観察の目で記録した日記の紹介に司馬も耐えきれなくなってしまい、記述をスキップした。

二人の特異な人格の人がいたからこそ、目を背けなかった権力の傲慢な構図の重みが今に伝わった。しかし、私も岩手に引っ越してこなければ、知らずにいたかもしれない。

晩節の物語

人間の末期は突然に訪れるわけではない。だから、他人の人生の終わり方をそこだけ切り離して真似ることなど、できもしないし意味もない。

それなのに、知らず知らずのうちに、晩節を主題とする物語が本棚に集まり始めていた。意図的に集めていたわけではないから系統性はないが、人知れず参考にする魂胆でもあったのか、虚しい所作といえなくもない。

私は私でしかない。そう思いながら、気になる短編小説や日陰で忘れられている古典が、どういう訳か時々頭にちらついてくる。

著名人の臨終や晩節を手短にデータベース化した本は、数多く出版され、文庫化されている。明らかに売れることを見越した編集である。暇つぶしに読んで面白いに違いないが、データベースである限りでは物語としての奥行きを望むことはできない。最たるものは、『日本史有名人の死の瞬間』（新人物文庫）であろう。奈良時代から昭和までの有名な七二名の人生の締めくくり方であって、トリビアとして、それなりに壮観ではある。

ただし、現代庶民の表情に隠れる個性的な晩節のディテールも知りたくなってくる。

どのような死に方をするにせよ、庶民感情が伝わってくる普通の人の晩節の物語は、老練作家の短編小説に限る。自分の晩節と完全に重なる小編は滅多にないが、大概は読んでいるうちに、悲しさと可笑しさがこみあげてくるものが多い。いくつかの作品のうち、主題も人物像も対照的な短編集、松本清張『男たちの晩節』（角川文庫）と吉村昭『碇星《いかりぼし》』（中公文庫）は、私の老いの心情に深く刻み込まれている作品群である。

前者の小説では、晩節の性の迷いをそれとなく挟み、官能をそそるでもなく、老いの悲しさを刻みこむように人生末期の物語が並ぶ。なかでも、主人公の知的キャリアからくる自尊心が邪魔をして、その深部に大きな傷口を広げていくさまは、常に日陰の〝痛ましさ〟の日常を描写する清張小説の真骨頂である（「筆写」、「遺墨」）。

自分に置き換えて苦笑する。要するに、とてもよく〝わかる〟のだ。

後者の短編は、私小説（またはエッセイ）なのか、フィクションなのか、区別がはっきりしないものもある。それだけに、淡白な描写のなかに、ペーソスを織り交ぜた晩節の水彩画のような絵画化となる。どこにでも居そうな平凡な年寄りの男、それは吉村であり、私でもある（「花火」、「碇星」）。特に「花火」はエッセイに近い私小説のように、二一歳の時に外科手術を受けた病院への再訪と、その時の執刀医の臨終を重ねた〝生と死〟に関する吉村独特のテーマが展開する。「碇星」は、知人からその人の葬儀を任せられる再就職後の余話だが、核心は、いわゆる〝死に顔〟への拒否反応である。死の予感のようなものが自分の〝死に顔〟への想像を介して表れるのは、私も同じである。

突然の飛躍のようだが、ルソーの『孤独な散歩者の夢想』（新潮文庫）。フランス革命前、投獄、迫害、亡命、放浪などの苛烈《かれつ》な人生から逃げて、静謐《せいひつ》に沈んだ年寄りの風《ふり》をしながら、なお何かに燃えている足掻きと擬態の晩節も、恬静《てんせい》とは何かについて考えさせられる。

「集団就職」の原風景

上野駅一八番線ホームに、かっての面影はない。

高度成長期の早朝の上野駅には、連日、二合瓶と大きな荷物を抱えて降りてくる出稼ぎの男たちの列、そして年度末、小奇麗な学生服やセーラー服で身を固めた集団就職の中卒少年少女たちの、怒涛のような流れがあった。

五十数年前、大学教員になりたての頃、ＮＨＫの取材に同行し、一度だけ夜行の集団就職列車で十数時間かけて上野駅に降りたことがあった。その後、夜行列車に乗る習慣もなく、早朝の上野駅を知る機会はなくなった。また、新幹線を使うようになってから、途中の大宮駅で乗降してしまうので、上野駅はますます縁遠い駅になってしまった。以来、集団就職の原風景は、私の胸のうちに閉じこめたままになっている。「ああ、上野駅」という井沢八郎の歌も、ただのナツメロと歌碑となって、皆に忘れられかけている。

ただし、もう一つの変貌したリアルな（原）風景は、姿を変えて今もある。集団就職者を送り出してきた給源地・東北農村の変貌である。

集団就職列車は、一九五四年から始まり、一九七五年までの二一年間続けられた。高度成長期に、〝金の卵〟として扱われた中卒者の乗った列車は、すべて夜行の特別列車だった。送り出すときの各駅には家族と同級生たちが並び、上野駅には各所管の職業安定所の係官や雇い主が待ちうけていた。若年労働力の大規模な移動は、送り出す農村の雇用不足・所得格差と吸引する側の労働力不足との一括解決であり、集団就職列車という形で体現された。給源地であった福岡町（現・二戸市）の奥地（開拓農地の集落）に、かつて私は一九六四年と翌年、三回ほど調査のために入ったことがあった。

岩手県に住むようになってから、一〇年も経ち、多少の罪障感もあって、改めて現地に入ってみると、昔の面影はまるでなかった。県境に散在する崩れかけた空き家、里山や休耕地の荒廃、不法産業廃棄物処理場の残骸と大規模修復工事など、東北農村の奥地に見た情景は、高度経済成長期の負の遺産というべき荒涼たる別の意味の原風景であった。

集団就職者が学んだ旧校舎（終戦直後に新設の斗米村立上斗米中学校、後に福岡町立）は、跡形もない。二戸市立になってからの新校舎も統廃合で廃屋となっており、雑草が生い茂る校庭に記念碑と小さな校門が寂しく立つのみとなっていた。

青森県境までの細い道路は、ほとんど簡易舗装されていた。隈なく探してみたが北限の分校跡地を見つけることはできなかった。一九六五年に中学の進路指導の教員の案内で、岩手出身の学生と二人で分校まで雪を掻き分けて訪ねたのは、厳冬期の二月だった。冬と夏の景色はまるで異なるので、五〇年以上の時間差の感覚を埋めることはできない。ただ、電気も電話も届いていなかった時代の開拓者の貧しさと、土砂だけの原野に戻ってしまった不法産廃廃棄地を比べると、悲しみとも怒りともいい知れない奇妙な心境に陥った。

登山靴を履いて雪深い斜面を登った時の荒涼感と、夏の日差しを受けた疎《まば》らな自然木の山道で感じた今回の荒涼とは、まるで異次元の感覚である。

II

越境の息

よいことばかりが、長生きの秘訣であるとは限らない

〝いたたまれなさ〟の遺産

「断絶は〝断絶以前〟を自分のうちに抱え込んだまま〝断絶以後〟の時代を生きのびることを選んだ人間にとってしか存在しない」（内田樹『昭和のエートス』パジリコ　一二頁）

内田樹のエッセイ集の冒頭に入る「私的昭和人論」のなかの一節である。その〝断絶〟を黙って抱え込んだ「昭和人」とは、明治四三（一九一〇）年から昭和一〇（一九三五）年の間に生まれた人々である、と彼は括っている。私は昭和九年生まれなので、ちょうどその範囲の末尾に属するが、彼が分析するほどに、私の場合の思想の断絶は、そのこと自体が悲劇的だったわけではない。〝末尾〟の年代なりに中身も幼稚すぎたからだ。

内田は、〝昭和人〟のもつ〝昭和的なもの〟への回想から、尊父への優しい眼差しを重ねて、〝いたたまれなさ〟の感覚を遺産として受け継いでいるという。

この深い意味をもつ〝いたたまれなさ〟という言葉に反応して、私の脳には不思議な激震が走った。確かに、全共闘以後の世代から見れば、私も一種の憐れみを受ける世代の一人かもしれない。しかし、現実には〝過去の人〟でありながら、〝過去の人〟になりたくないというような足掻きも、この歳になってさえ率直にいってあるのを禁じえない。その後何度も、外部〝権威〟に裏切られてきたからだ。

そうでありながら、実は私も、長年、大学という〝権威〟の中に身を置いてきたので、責任転嫁できずに自責の念に駆られている。

ところが、大学を辞して後、一切のドグマから解放されたというような浮遊の錯覚に恵まれて、思想的な混乱のなかに入った。いや、思想的混沌を楽しんでいると言い替えてもよい。決して負け惜しみでなく、際限のない無知に気づくことに興奮を覚える余裕を、かえって有り難がっているのである。だから、自己責任と自覚しつつ、手当たり次第にあれやこれやと飛び火を受けながら、本を読みあさることができるのだと思う。

内田のエッセイ集が出る前、立て続けに小林秀雄賞受賞の『私家版・ユダヤ文化論』（文春新書）と『寝ながら学べる構造主義』（文春新書）を読んでいたが、それは、あくまで偶々の濫読の結果であった。なんと、著者が神戸女学院大学の教授（フランス現代思想）だということも知らなかったのである。しかも発行年次の点では順序が逆さになって、『私家版・ユダヤ文化論』は二年も本棚に放置したままだったのに、ほぼ同時に読んだ。正直にいって難解できつかったが、久しく味わったことがない知的興奮に浸ることになった。

冒頭で出鼻を挫かれてから読み始めたが、ユダヤ人の定義で消去法を用いるしかないと追い込んだ上に、「私たちがユダヤ人と名づけるものは、〝端的に私ならざるもの〟に冠された名だということである」「私たちはユダヤ人について語るときに必ずそれと知れずに自分自身を語ってしまうのである」という記述に出会って、一気に読み進むことになった。確かに、これまで私は、構造主義やポストモダンの現代思潮とは別の世界にいた。

今でも、いわゆる〝合理的解〟を愚直に求めるロマンを失いたくないが、フランス現代思想の世界から得られる深層とふくらみの覚知だけは温めておきたい。

「昭和人」と昭和の謎

「昭和生まれ」は、一億人を割り込んだとはいえ、未だに人口の多数派である。しかし、この人口層ほど、謎に包まれた世代も少ない。他の世代と区別するまでもなく、「昭和」という時代の本質が、謎に包まれたままだ、ということによるのかもしれない。

私は昭和九（一九三四）年生まれであるために、保阪正康が解き明かす昭和八年から一一年までの昭和史前期における日本の破局に向かう転機の謎解きが頭から離れないでいる。

一時の「昭和史ブーム」も去ったかのように見える。しかし、相変わらず、保阪正康の執拗な作業は、留まるところを知らない。私の本棚のあらゆる隙間には、彼の文庫本が数えきれないほど並んでいる。保阪の昭和史が、胸に突き刺さってくるのは、徹底的に、当事者からの聞き取り取材をデータベースとしているからであり、同時に、それを客観資料で裏づけない限り、そのままでは信用しない厳しさと推論の確かさが伝わってくるからである。文脈と手法、あるいは立論の原点などは異なるが、山本七平の『日本はなぜ敗れるのか』（角川書店）で小松真一『虜人日記』（筑摩学術文庫）について論評した視点と一脈通じている。だから、私の昭和史にも事後的自己合理化があるのでは、と確信は揺らぐ。

自分の名に使われている〝武〟の謂《いわ》れについての興味もあるが、そもそも自分の生まれた時代が、日本の歴史にとって大変な禍根を残す時代であったことを、ずうっと引きずっていかなければならないなど、昭和前期には知る由もなかった。日本の敗戦の時は、「教育勅語」を暗誦させられてきた国民（小）

学校五年生だった。生を得てからの昭和が、前期「昭和人」に、どのような影を落としているかは、保阪や山本の著書を読んでいると、確かに少しは見えてくる。論理だけでなく、生理的にも理解できる。

ただ、保阪の昭和史に関するいくつかの著書のうち、『昭和史七つの謎』（講談社文庫）の冒頭で取り上げた「二・二六事件」を日本の文化大革命と位置づけ、その上で位置づけた中国の文化大革命とのアナロジーは、やや飛躍ではないかと思わないでもない。しかし、今日の政治課題に対する警告としてみれば、興味ある指摘ではある。この視点には、戦後世代が負わなければならない日本人の資質と関係しているテーマが潜んでいる。そして、それこそが情念レベルに見られる「昭和人の謎」なのである。

保阪のいう「目に見えない歴史」というものがあるとすれば、国民の中に植えつけられた情念の連鎖が、政治革命という形をとるか攘夷的暴発という形をとるかの演出の違いでしかなかった、ということになる。確かにその本質は、戦時下の戦事年表だけを見ていてもまったく見えてこない。しかし、総じて結果責任を避けた革命の錯誤や失敗は、情念の連鎖が伏せられている限りは、繰り返される。つまり、日本の戦後社会では、何度も似非《えせ》政治革命状況が同じ心情と体質を伏せて繰り返されてきたといえないであろうか。

多数派人口の昭和生まれのうち、大量の団塊世代を含む昭和後期の人たちも、これから「平成人」に政治の座席を譲っていく。その次世代は、いかなる「革命」的状況の過去も歴史としては学べるが、生理的にはまだ何も知らない。

呼称のアイロニー

懸命に生きたる罪か人間の
　枠外れし後期高齢者（熊本県　七三歳）

『朝日新聞』（二〇〇八年五月五日）「文化」欄

想像力を欠き不用意・無神経な官僚用語によって、政権をも揺るがしかねない事態が、二〇〇八年上半期に起こった。後期高齢者医療保険制度の〝後期高齢者〟という年齢区分を表す呼称の波紋のことである。この制度は、市町村単位の国民健康保険制度を財政的に防衛するために制度化された。しかし、財政区分の本質よりも、日々〝死〟を予感して生きている個々の〝後期高齢者〟に貼り付けた呼称に対する反発の方が、象徴的に事態を悪化させた。そしてすぐさま、政治家たちは呼称の付け替えという弥《び》縫策《ほうさく》で臨んだ。

〝後期高齢〟の用語を〝長寿〟という意味曖昧な用語に言い換える手法であった。そもそも、〝後期高齢者〟とは、人口統計上の区分であった。高齢化率や罹病率、事故率など、その他あらゆる老齢人口の特性を分析するには不可欠な年齢区分用語であって、調査統計の内容記述では研究者の誰もが使ってきた。しかし、その用語は、あくまでマクロ統計上の抽象的な人口階層を定義づけた、個別の顔をもたない記述上の仮称にすぎない。いやしくも、個々の高齢者を二種類に区切ってラベルを貼り付けるための名称ではない。さらに、冒頭に引用した短歌の作者は、障害認定と引き換えに七五歳に達していない状態で〝後期高齢者〟の保険集団に編入され、そのことについて怒り心頭に達しているのである。これは、七五歳以上という年齢区分をも逸脱した特例措置の結果である。

一般に、いわゆる〝ラベリング〟は、差別の固定化と紙一重の関係にある。戦後、この問題に対する神経症的ともいえる苦肉の策で、医療や福祉の分野ではさまざまな呼称の変更を積み上げてきた。一部の専門家の間で使っていた翻訳語として精巧に定義された〝漢語〟が一人歩きを始めると、イメージが先行して語意を変えてしまっていたからである。

もともと不適切な名称もあったが、〝分裂症〟は統合失調症に、〝痴呆〟は認知症に、〝精神薄弱〟は知的障害に、〝聾唖〟は聴覚障害に、などと、枚挙に暇のないほどである。中には人権無視の無神経な戦前からの法律・行政用語もあったが、学術用語をそのまま行政文書で無媒介に使うことを通じて、現場にまで普及してしまう例も多々あったといえる。

私も若い頃、用語問題をめぐって度々告発めいた指摘をしていたことがある。一般に、政策分析では、政策主体と政策対象の授受の権利関係を措定しなければならない。その〝対象〟という分析用語から、〝対象者〟という人格のからむ用語が派生し、そのまま現場の個々の子どもや老人に対する一般的な呼称になってしまっていた。今では〝consumer〟概念との関連で〝利用者〟(user)という対等関係の用語が用いられる。しかし、呼称を変えただけで実態が改善方向に変わるとは限らない。ディスクール(言説)の思想的背景の奥に潜む〝死者〟を迎える〝保険会計〟で露出する本質に、無神経でいることはできない。

「まず言葉から……」というにしても、この本質を回避すれば、悪循環が始まる。

〝今わの際〟のパフォーマンス

「死の前には人は完全に平等である。だが、そういうシンプルなあり方を誰もが等しく見つめることができるわけではない。この一点で死は不平等でもある」（荒俣宏・監修『知識人99人の死に方』角川ソフィア文庫）

別名〝99個分の宇宙の眩暈〟を集めたとも自負するこの本の裏表紙には、このようなパブリシティ・メッセージが書き込まれている。

単なる興味本位の自作「死亡記事」のパロディでなく、また故人の業績を賛美するオマージュとしての〝墓碑銘〟でもなく、人の死に際だけにスポットを当てて編纂したところに、この本の稀有な狙いの価値がある。臨終は、最後のプライベートな「見せ場《クライマックス》」と定義されている。〝死に方〟についての検索〝データ・ブック〟である。

死は一回的なものであって、その意味で完全に不平等であるから、人の死に際を真似ることはできない。しかし、決して覗き趣味のような不謹慎な好奇心からではなく、人は何故、他人の死に際に関心を抱くのであろうか。この本は、一九九四年に単行本が、その後、文庫版の初版が増補改定を加えて二〇〇〇年に出てから、僅か三年で九版を重ねた。年々次々と自分の〝死〟の準備に取り掛かる人たちにとっては、一度は読んでおこうとするベストセラー本の一つとなった。酷寒のガード下で人知れず息絶えるのと、家族に囲まれて冷暖房のきいた個室で呼吸を止めるのでは、大きな違いがあるにせよ、最後の生物としての瞬間は、誰もまったく同じであるはずだ。しかし、その直前・直後を自分の意志の及ぶところに、どのようにおいておけるか、その迷いがあればこそ、この種の本を衝動的に買い求める人がいる。何年前のことになるか、私がそうであった。

大概の人は、できれば、平凡な死を望んでいる。望みどおりになるかどうかわからない。しかし、この種の本に目を通していると、常軌を逸していたといえば無礼にすぎるが、非凡な人の〝生き方〟（足跡）につい目が向きそうになり、それが〝死に方〟にも関係するものかと、検索衝動が湧いてくる。この本の編纂意図は、この一点に絞って見事に的中した。

たとえば、次のような特別な人たちがいた。その〝死に際〟は、悲劇なのか。

坂口安吾は、取材先の高知から自宅に戻った二日後、「みちよ、みちよ」と妻の名を呼び、「舌がもつれる」と言って倒れたまま痙攣を起こして急逝した。安吾の生涯は「イノチをかけた遊び」だった。

永井荷風は、外食して自宅に戻って火鉢の中に吐血し、外出姿のまま動けなくなり、血が気管に詰まって窒息死した。独居老人の突然死は、検死を受けるほどの孤独死であった。

深沢七郎は、『風流夢譚《ふうりゅうむたん》』後の潜伏生活を続けながら心臓病を抱え発作を繰り返し、常に死の準備をしていた。しかし、七三歳まで〝死ねなかった〟。最後は、昏睡状態から時々目覚めては、人知れず椅子に横たわったままで脈を止めていた。農場を開いて二一年目だった。

やはり、非凡な人は、〝死に際〟でも、その瞬間は見事なほど非凡なのだ。到底、真似はさせてもらえない。

死亡記事（necrology）と墓碑銘（epitaph）

朝刊を手にして最初に見る記事は、〝死亡記事〟（necrology）だという人がいる。

自分と重ねて有名人の死亡記事を見る場合もあるが、年齢、死因と並んで、いわゆる〝墓碑銘〟（epitaph）に何が書かれているかで、大人物の場合には、その人の歴史を知るだけでなく、歴史のなかで何が終わったかを知ることもできるからである。ただ、新聞に出る死亡記事にも格付けのようなものがあり、紙面の下の方に小さく扱われている人もあって、すると、自分の居場所も見えてくる。要するに、私の死亡は新聞には出ない、ということだ。当たり前とはいえ、安堵する。

そんなことを考えていたら、存命中の有名人が自分の死亡記事を書いている『私の死亡記事』（文春文庫）という小さな本があることに気がついた。一種のパロディの書である。一〇〇名以上の名の売れた方々が、半ば真面目に半ばふざけて、編集部の依頼に応えているが、何人に依頼したものかは不明である。多くの人は、死について語るよりも、自己の過去の業績について連綿と書き綴っていて、さすがに有名人らしい矜持を感じさせてくれる。現役の人が一種の〝お遊び〟のように死亡記事を自ら書いたところで真実味がないのは当然としても、〝墓碑銘〟が立派すぎると圧倒されてくる。つまり、この本は、書名の意味とは異なり、本人による自己紹介の書となっているといってもよい。

しかし、自己の死因については、長患いの果てに死を迎えることなく心臓麻痺・急性心不全とか事故死、というように、突然死への強い願望が垣間見られて身につまされる。もちろん、老衰で長寿をまっとうするという幸せな晩節を予定している人も比較的多い。ふざけすぎとはいえ、腹上死を予定して極限の人生の終わりを遂げる人が二人いた。もちろん、二〇〇〇年に単行本、二〇〇四年に文庫化したので、すでに他界した人もいて、願いどおりになったかどうか知る由もない。本来、死亡記事は自分では書けないが、墓碑銘ともなると自らが書けるかどうかの問題を超えている。過度に好意的で本人の不利な情報を伏せている〝賛辞〟をオマージュ（hommage）というが、どちらにしても本人の書いたものは、ほとんど信用できない。だから、〝お遊び〟なのであり、そして痛快なのである。

それに引き換え、本格的な〝墓碑銘〟を綴った書として、『昭和の墓碑銘』（新潮新書）がある。一九七四年以来、『週刊新潮』に連載されていた七六〇人分の中から五四人を選んだ比較的長文のもので、ある種の〝伝記〟に近い読み物となっている。昭和の激動期に限ったことで、各界の人物の裏面から浮かび出てくる昭和人物史の趣がある。編集部が目指した「人の死に方、晩節の過ごし方を学びたいという高齢者も少なくない」というニーズに応えた編纂といってよい。新書の帯に記してあるとおり、まさに「人の価値は棺を蓋《おお》いて定まる」という諺が身にしみる。しかし、晩節の人生には挽回不能なことも多いのである。

私の書斎の壁には、白洲次郎を真似て「延命治療不要、葬式戒名不要、香典会葬遠慮、遺骨遺産自由」なる四行の〝遺書のパロディ〟を貼ってあるが、実行するのは私ではない。

遺された者が迷惑するのがわかっていながら、書かずにはいられなかっただけである。

学歴と資格の裏事情

まだ東京の大学にいた頃「中卒の大学教授なんて聞いたとがない」といわれたことがあった。私は、貧しさと長期療養のため大学入学資格検定試験で、高校をスキップしている。身体が弱いので、という理由で大学教師になってしまった。

しかし、大学卒でない大学教授だって、いくらでもいる。もっとも高名な人では、建築家の安藤忠雄が代表格である。彼は、元ボクサーであり、建築事務所のアルバイト経験しかなかったが、一九九七年に東大工学部教授になった。それまでにイェール、コロンビア、ハーバードなど、名だたる米大学の客員教授を一九八七年以来歴任していた。いくら学歴主義で凝り固まっている日本でも、実績があれば学歴など何するものか、と思いたい。そう思いたいのだが、現実は、それほど甘くない。潜在能力と実績をどのように証明するかが難しいのである。

いつの世も、戦争は人々の人生の航跡を狂わせる。学歴もその一つであるが、個人の選択がはたらいている場合もあるし、制度変更や経過措置で一挙に進路が激変してしまう場合もあった。また、病気療養中や捕虜抑留中に、戦後に制度がすっかり変わってしまったという場合もある。私の知り合いで少し先輩格の旧制高校卒や学徒兵だった人たちが、不思議な履歴の持ち主である例を、これまでよく見てきた。

大学では、最終学歴と直近実績が重視される。決して格闘技ではないが、実力勝負の世界である。その癖、採用時にさほど客観性のある資格試験があるわけでもない。ある意味で、誰でもなれるし、誰でもなれるわけではない不思議な世界である。私のような不完全な大学教師が最後まで勤め上げることができたのだから、それが証明している。

しかし、大学の新規設置認可にあたっての文部省の書類審査は、その昔は大変に厳しかった。最終学歴だけに目を奪われていると、旧制高校卒の人の最終学歴が短大卒や専門学校卒であったりすれば、事実審査に余計な時間がかかってしまったものである。実績と学歴は、必ずしも相関しないことは、逆の例も含めていくらでもある。

学歴不問の受験資格の完全公平主義の制度として、よく知られた試験に旧司法試験があった。一〇年も三〇年もかけて弁護士になる人もいれば、最後まで合格できない人もいた。制度理念として正しいかもしれないが、現実的妥当性があるとも思えない試験制度ではあった。似たような制度に、家庭裁判所調査官任用試験があった。私の病気療養中、近くのベッドで黙々と本を読んでいた人は、旧制高校在学中に発病して特効薬がまだ開発されていない時代から長期療養を続けていた。この人は、退院後、すぐ家庭裁判所調査官に任用された。実は、私が大学入学資格検定試験の受験を療養中に始めたのは、真面目さでは及びもしなかったが、この人が傍にいたからであったともいえる。

私も数年後、大学四年次の夏、調査官試験を受けてみた。専門科目（社会学）試験は通ったのに、二次の面接試験で、生意気な大言壮語をしたためか――あるいは別命の胸部レントゲン検査のためか――見事に不合格となった。

自分からの自分の距離――「安藤英治」的出会いの意味

教室は、張り詰めた空気が漂って、いつも静まりかえっていた。

「砂漠の戦士共同体の神としてのヤハウエ（Yahweh）崇拝の根本は、倫理契約であって……」、と延々と続く得体の知れない文意が、私の頭のなかをぐるぐる回っていた。

しばらくは、滔々《とうとう》とメモなしで続く古代ユダヤ教についてのマックス・ウェーバー論は、私にとってあまりにも次元の違う世界であった。夏休み前のうだるような狭い教室に満杯になっている学生を前にして、講義は、学生たちが何に夢中になって聴いているかにお構いなく、勝手に歯切れよくいつも進んだ。学生たちの多くは、講義への真摯な態度に最初は心酔していたのであって、決して講義の中身ではなかった。私が大学に入ったばかりの五十数年前、若きウェーバー研究者・安藤英治の授業のことである。

いわゆる〝ウェーバー学徒〟が、何故かくもそこまでウェーバーに没入することになるのか、この悩みは私からなかなか消えなかった。この不可解さは、ウェーバー研究者に対して、一種の畏敬の念さえ私に植え付け、近づきにくい人間の像を作りあげていた。ところが、学生寮のロマン派的〝勘違い〟の輩たちで、ロシア革命記念日の小さな集まりをもった際、この先生を誘ってみたら、気軽に車座の中に入ってきて、ぽつぽつと喋り出したのである。それは、授業ではまったく聞くことがなかった日常会話手法であった。

その時、私は、安藤〝先生〟の生身の姿を初めて知った。

昔のことでありすぎ、記録もないので、今さら再現はできないが、その後に公刊された大著『マックス・ウェーバー研究』（未来社　一九六五年）の長文の〝あとがき〟を見て、その真意と脈絡はさらに明白となった。安藤〝少年〟は、大学に入る前の戦時中、マルクス主義の文献に没頭し、少年期の安全な私的場所であったとはいえ、資本主義の帝国主義的展開に対して、早熟にもすでに思想的に相対峙していたのである。

常識を逸するほどの長い〝あとがき〟は、「自分史」のような趣もあるが、その契機は「マックス・ウェーバー生誕百年祭」の記念シンポジウムにおける報告者としての質疑答弁の補足のような形をとっていた。すでに戦時中から生じていたいわゆる〝一連のウェーバー的問題状況〟は、煎じ詰めれば、帝国主義戦争と民族との衝撃問題であり、思想的には大人たちの〝転向〟という人間主体への懐疑であった。マックス・ウェーバーとの出会いは、まさにこの戦時下に、友人の兄であった丸山眞男（当時東大助手）からの学術情報に端を発していた。安藤〝青年〟は、その衝撃を〝啓示〟として受け取ったのである。

その後、戦中・戦後を通じて、学徒動員の時期も挟んで、大学ではウェーバーを、自宅ではマルクスをむさぼり読むという生活を続け、やがてマルクス主義との決別に至る。そこにあったのは、限りなく客観性の意義を追い詰める「禁欲の精神」の問題であった。

「客観性とは対象との距離の問題だ」（『マックス・ウェーバー』講談社学術文庫）と、安藤はいうが、どこまで自分を追い詰めれば、客観性を確保できるかの自信は私にはない。

客観性との格闘にも〝一回性〟の壁がある、という自己認識の限界に慄《おのの》いた。

「昭和」とは、いつまでなのか、何故「昭和史」なのか

自分の年齢を尋ねられると、つい私は「昭和九年生まれ」と答えてしまう。年齢のこと以上に、世代の特質を伝えたい気持ちの強さが災いしているからである。それに長年にわたって、公文書の提出やデータベース登録などで生年月日の欄に記入させられているうちに、習慣化してしまった恐るべき潜在意識の呪縛もありそうだ。

私自身の書式では、生年月日は〝一九三四年〟と書いている。キリスト生誕を紀元として自分の年齢を起算するのも、よくよく考えてみると変な話である。私は、キリスト教徒でもないし、国際的に通用する能力とセンスの持ち主でもない。

昭和という年号が終わった頃、「昭和史」ブームが起こった。日本の年号は、〝天皇制〟と不可分の問題なので、「昭和史」は、第二次世界大戦の終戦を挟んで、戦前・戦中と戦後の連続性をどのように扱うかを避けることができない。しかし、戦前・戦中の「昭和史」と戦後の「昭和史」を同じ方法で捉えることはできない。半藤一利が『昭和史』（平凡社）で描いたように「四十年史観」で昭和を通史として纏めれば、「一世一元の制」（元号法）などはあまり意味をなさないし、国家興亡の周期も大変にわかりやすくなる。もちろん、日本の敗戦時は、私はまだ国民学校五年生であったから、いくら思い出しても私自身のなかに歴史認識などあるはずもない。ただ、異常ともいえる年号への背反する拘りは、私が「昭和生まれ」として運命づけられているからであり、私が物心ついてからの思想形成には、「大正生ま

れ」の生き残り復員〝知識人〟からの影響があった。

「昭和史」といえば、その核心は、明らかに「大正」の終焉から太平洋戦争の〝敗戦〟までの特殊な時代をまず指している。そして、その「昭和史」は、普通の感覚で読み解いていけば、一九四五年で終わっていなければならない。庶民に語りかけた半藤の口述『昭和史』も当初は、一九四五年で閉じていた。「昭和史」とは政治（戦争）史そのものであったからである。

「昭和史」は二つに区切られる。戦後の「第二の昭和史」の起点が、一九四五年の敗戦の年か、一九四七年の日本国憲法施行の年であるかは別として、一九八九年の「平成」が始まるまでは、「昭和」として皇位継承を表象するにしても、マッカーサーの手中にあった「敗戦的革命」による断絶を意味づける別の表記が必要なのである。

人々は、「平成」の切り替えによって、忌まわしい戦前・戦中の「昭和」を忘れようとしたのかもしれない。しかし、さらに目を転じて、戦前・戦後の連続性を重視すればするほど、「昭和」が抱えた悲惨は、「大正」期の奇妙な明るさから始まっていたことがわかる。

日露戦争で辛うじて戦勝した後、負けを知らない大国の夢に酔いしれていた〝大正〟の間に、ロシアと中国は大きく変貌していた。戦後昭和の思想を最初に担ったのは、その大正で青春を過ごした年代の高学歴〝生き残り兵士〟たちだったが、その屈折は昭和世代をも巻き込んで余りあるほど続いた（高田理恵子『学歴・階級・軍隊』中公新書　参照）。

西暦で表せない日本特有の区切りであるからこそ、「昭和」は精神の奥底に深く刻み込まれた。「平成」になって、私にとって「昭和」の二つの翳は、かえって大きくなっていた。

「石のかたまり」――高村薫の亡き母をめぐって

「わが世の春を楽しむシルバー世代というのが絵空事である一方、ひたすら沈思黙考する老境というのもまたうさん臭いこと甚だしい。さらには、しっかりと確立しての老境というのも、おおかたは世間の戯言《ざれごと》である」

どれもこれも、自分のことについて言われているのかと苦笑させられたこの部分は、高村薫が歯切れのよい文体でバッタバッタバッタと腹に据えかねる世相を切りまくった『作家的時評』(朝日文庫)からの引用である。

二〇〇四年、『朝日新聞』に「老いへの失意や無念」というエッセイを寄せた時から一二年前、高村の母が口にしたという嘆きのような発言に触れて、ちょうど大作『レディイ・ジョーカー』を執筆していた頃と重ね、彼女が亡き母を回想しながら高齢者像についていつものように辛口に論評した短文である。

彼女は、その時母を「石のかたまり」のように感じたという。しかも、「老いの現物とは、実にただ在るというほかはない、……」とも即物的形容で表現した。そして、その衝撃を打ち消すために大作の執筆に取り組んでいたという。

私は、長編サスペンスは苦手なので、誰の作品に限らず意図的には読まない。勿論、『レディ・ジョーカー』どころか、他の作品を持ってさえいないし、これからも読む予定はない。ただし、高村の時評エッセイは、切れ味鋭く小気味よいだけでなく、強い倫理性に支えられた論理の組み立てや情報収集・

処理も高レベルで学ぶことも多い。

私も「石のかたまり」にすぎなくなってしまったのかどうか、絵空事、うさんくささ、戯言などといわれて、怒り出すだけのエネルギーを持ち合わせていたいものである。しかし、実は高村の『時評』を読んでいて、今の日本社会は、暴動も起こらないほど疲れきっているのだろうかと、ふと考えてしまう自分の〝しらけ〟の方が怖かった。

余談だが、最近、『AERA』という週刊誌は定期購読を止めていた。何か、高学歴女性専門誌のような趣の編集方針が鼻についてしまっていたからである。しかし、本屋の立ち読みで、高村の「異様な医療の現実」についての「雑記」（二〇〇八年二月四日号）に遭遇し、この号（No.5）だけは、翌日わざわざ買いにいった。案の定、これ以上に何かを付け加える発言は、今の私にできない、と脱帽せざるをえなかった。

まさに、戯言をいっている場合ではないのである。

高村がいう「過剰な安心を買い続けてきたことの代償」の大きさは、一人ひとりに降りかかっている。しかし、それを払いのけるだけの設計能力は、その一人ひとりにはない。私にもない。暴動を起こせば誰かが解決してくれるわけでもない。小気味よい批評家だけが増えても問題解決はしないのだが、高村のような鋭い批評を受けて立ち、その真意を政策で実現できる人材が幅を利かす社会ができるまで、待つしかない。

それにしても、それまで待てるかどうかは別として、アナーキーな社会を求める覚悟がなくても、彼女が暗示する「年甲斐もない暴発」は起こるかもしれない。

「武士道」再考

毎日、あちこちと、大きな本屋に入るのが習慣のようになった。

盛岡の駅ビル内にある書店の〝郷土本〟コーナーには、各種郷土本と並んで、新渡戸稲造自身の著書と関連書が不思議と目を引く。なかでも目立つのは、各種の日本語版『武士道』である。最近になって、そのディスプレーは別なコーナーにも散らばりだした。思うに、その傾向がことさら顕著になったのは、藤原正彦の『国家の品格』（新潮新書）が大ブレークした以後ではないかと思う。意外な展開といえば、お茶の水女子大学の藤原教授も苦笑しているに違いないが、〝品格〟ものが本来の趣旨から逸れて、目障りなほど店頭に山積みされていることだ。確かに、今わが国は、〝品格〟に欠け、または餓えている。しかし、ここでの主題は違う。

新渡戸のオリジナル版は英語だが、藤原の『国家の品格』も英語版（ＩＢＣパブリッシング）ができて、すでに海外に輸出されている。〝品格〟は〝dignity〟と訳され、その根拠は主に新渡戸の〝Samurai Ethics〟に求められている。

武士道精神が、日本固有の行動基準であると言いきる自信は、私にはない。私の家系が農民出身であり、戦時中にも『葉隠』などに凝り固まった青年教師から教わった過去の経験もない。また私は、キリスト教会に属したり洗礼を受けたりしたこともない。ただ、今日の〝武士道論〟は、キリスト教徒であった新渡戸によって普遍化され、現代世界を経由して、われわれの前に立ちはだかってきたのである。

実は、〝武士道論〟ブームは、三島由紀夫の自衛隊本部における自刃の際にもあった。奈良本辰也『武士道の系譜』（中央公論社　一九七一年）は、その直後に出たものであり、広く読まれた。しかし、武士道の系譜が何であれ、『葉隠』の美学として理解するのか、新渡戸の倫理学として理解するのかは、時代背景という歴史的限定を挟むと、まったく異なった状況が生まれてくる。山本博文は、奈良本の文庫版の解説では、バブルが弾けた後の「清貧」の時代の反動が「武士道」の中にある〝気概〟の回復願望を促したのだ、と評した。さらに、藤原の武士道論は、自身の家庭教育の原点から学びとった〝卑怯〟を排し〝惻隠〟を重んじる行動基準に重点が置かれている。つまり、批判の矛先は、競争社会に顕著になった規制緩和後の〝騙し合い〟の経済社会の風潮に向けられ、その告発という形をとっている。同じく新渡戸も、幕末期の南部藩士の子として生まれ、幼少期に上京してからキリスト教的環境の中で成人し、日本人の倫理基準を武士道に求めて欧米人に説明しようとした。

しかし、日本の武士道は鎖国時代の対外戦争がない鎖国の階級社会のなかで育まれたものである。この原理は、いずれは廃れる命運をもつと新渡戸も予告したとおり、帝国主義戦争の中で通用するような行動原理ではなかった。また、それに代わるべきとされたキリスト教倫理にしても、中世十字軍騎士団の〝騎士〟の規律と行状、世俗との契りを考える限り、俄《にわか》に比較考証ができる事象とは思えない。

イスラム戦闘集団との陣取りを使命とした騎士も戦国時代の土着武士も、殺戮や騙しで〝勝つ〟ことを命じられ、階級秩序の士《さむらい》の戒律（掟）に縛られて生きていたのである。

陽明学の魔力

中江藤樹《とうじゅ》、熊沢蕃山《くまざわばんざん》、佐藤一斎《いっさい》、大塩中斉《ちゅうさい》（平八郎）、吉田松陰、佐久間象山《ぞうざん》（「しょうざん」とも）、高井鴻山《こうざん》、そして、新渡戸稲造と三島由紀夫。

無責任に歴史的人物の名を並べたように見えるが、不思議なラインナップとはいえ、みな何らかのかかわりで、いわゆる「陽明学」の魔力に嵌まった人たちである。わが国には、真正の陽明学派はいないといわれる。すべての人たちが、その亜流であるかどうかを決めるだけの見識は、私にはない。しかし、理解できるような気もしている。

陽明学は、朱子学に比べれば論理性に欠けるとはいえ、恐ろしく主観的で情緒的な哲学を振りかざすことで、閉塞した時代を跳ね返えしきれずに鬱々としている精神の持ち主に揺さぶりをかけてくる特性があるからだ。政治的動乱と変革願望に迫られている季節に、既成の模範解答や権威的教科書が役に立たなくなっていると感じたとき、陽明学の魔力に取り憑かれる人たちが登場した。

その極端な形が、大塩平八郎であり、近くは三島由紀夫であった。その過激な行動が、数々の誤解を生み、既成権力の側からは忌み嫌われて危険思想の仲間入りをする結果となっている。しかし、体制にとっての危険思想は、いつの世でも青年にとって魔力なのだ。

個人的なレベルでいえば、高井鴻山は、私が幼少期に戦時疎開をしていた小布施という信州の小村の出身者だったので、小学生の頃から名前だけは知っていた。しかし、鴻山の師匠が佐久間象山であったこと、さらに佐久間象山の師匠が佐藤一斎であった、などという人脈の系譜まで知る由もなかった。世に言う「西欧かぶれ」と同類だったかもしれないが、現代思想への傾斜と好奇心の向け方が偏っていたために、儒学の伝統や幕末思想の問題は関心の外にあったからでもある。今さら反省しても、遅きに失している。

一般に、朱子学と陽明学とのわかりやすい違いは、「格物致知」という四文字をどのように解釈するか、という観点から説明されることが多い。朱子学では「物を格《いた》して知に致《いた》る」とされ、陽明学では「物を格《ただ》して知を致《きわ》む」と解釈される。要するに、短絡的に要約してしまえば、理論が先か実践が先か、という古今の生きた思想が抱えてきたアポリアみたいなものである。比較研究的には面白そうだが、別に目新しいわけでもない。

三島由紀夫の自刃まで、戦後社会で陽明学の現代的意義が大きく問題になることはなかった、という視点は、小島毅『近代日本の陽明学』（講談社）を読むまで、私は迂闊にも知らなかった。そのことで、三島が丸山眞男を批判していることも知らなかった。確かに、丸山眞男が佐久間象山を賛美し松蔭と対比した「没後百年記念」講演では、象山が一斎を乗り越えたという意味で、事実上で陽明学を強く批判している（丸山眞男「幕末における視座の変革—佐久間象山の場合」『忠誠と反逆』ちくま学芸文庫　所収）。

ただ、目覚めた人は、必ずある時期、社会変革が差し迫っていることを知った時に、多かれ少なかれ陽明学的な心情に惹かれるのだろうか。新渡戸が、キリスト教徒としても、一九〇八年創立の陽明学会の正規会員だったことを、私は小島毅の著作で初めて知った。

〝象の山〟

象山は、〝ぞうざん〟と読む。

〝しょうざん〟と読むのが正しいかどうか、地元では〝ぞうざん〟という言い方をする人たちがいる。佐久間象山の生地には、象の形をした〝象山〟という名をもつ小さな山があるからだ。幼名を〝啓之助〟といった。しかし、象山についてあれこれと考えてみるには、ふるさとの山や発音の問題はどうでもよい、としよう。

象山は、信州松代藩で生まれ、京都、馬上で暗殺された。生前、江戸での〝金食い虫〟のように振舞った豪快な生き方は、藩主の特別な庇護があったにせよ、財政の苦しい地元藩内では必ずしも評判がよくなかった。人物の器が（身長も含めて）大きすぎて、信州の人であって信州だけの人ではなかった。当時、「国防的開国」の思想は新しすぎた。

私は、戦時疎開して、松代に近い小布施村に一五歳まで住んでいた。しかし、今でこそ恥を忍んで白状するが、この大人物の名を知っていただけのことで、つい最近まで特に関心がなかった。戦後教育の体制に責任転嫁するつもりはないが、敗戦を契機とする価値転換の煽りに浸って、明治以前の伝統思想を切り捨てて〝脱亜〟の時期が、私にはあったからである。自らの過誤に気づいた羞恥と悔恨と反省は、引退後に少し暇になって、幼少期の欠落を埋める焦りのような戯れ事につれて浮上してきた。小布施には、幕末、北斎と象山に縁故のあった土地の豪商・高井鴻山という人物がいたからである。この僻村には珍しい鴻山の感性を触媒に、改めて象山と出会うことになった。少し、心臓が高鳴った。

高井家は、代々、京都公家のご用達商人であった。その財力を生かして、鴻山は江戸で長期の遊学をしながら、安政の大獄に巻き込まれた人々を含む多くの人材（陽明学の影響下にある尊皇攘夷と開国派）の知己を得た。そのうちの一人、象山は、陽明学にもウイングを伸ばしていた一斉の門下生でありながら、終始朱子学を貫きとおしたことになっている。大塩平八郎の乱を強く批判したことでも知られている。しかし、何故、弟子のなかに渡航事件連座の張本人であった吉田松陰をはじめ、勝海舟、坂本竜馬などに、〝陽明学的〟な激動への種を植え付け、世界への好奇心を漲らせる精神を転化できたのか。象山は、四〇歳にして自分が世界に属していることを自覚したと自ら語っているが（童門冬二『幕末の明星─佐久間象山』講談社文庫　三五頁参照）、その自覚は、アヘン戦争が契機となっている。

丸山眞男は、象山の思想を「伝統的精神とヨーロッパ技術との折衷的結合という明治の思想パターンの源泉」と位置づける通説を排して、儒教のカテゴリーを新しい状況のなかで再解釈したのであって、単なる折衷ではなく、象山には〝世界像の根本的な転換〟が、すでにできていた、と指摘する（『忠誠と反逆』ちくま学芸文庫　一三五〜一九〇頁参照）。

象山は、藩主への忠誠と朱子学の再解釈を伏線にして、〝隠れ陽明学者〟として世界政治のなかで暴れていたと考えたい。平板に時流の解釈をして「幕末のグローカリズムの体現者」だったとするだけでは足りない。時代の転換期には、異様な〝奇人〟が時期尚早に登場してしまうと、凡人はただ度肝を抜かれるだけで、その存在意義は理解不能となる。

「利口の邦家《ほうか》を覆す」――『論語』

病に倒れた政治家に追い討ちをかけるつもりはない。

ただ、倒れ方に政治責任があったのに、依然として政治家を続けていることが解せないと、その政治家の立ち居振る舞いの素にある原点とは何だったのかを知りたくなってくる。その政治家は、日本の政治指導者のトップに登りつめる野心を現実化する直前に、小さな本を上梓していた。

『美しい国へ』（文春新書）である。

当初、書店にお目見えしてきた時期は、山積みになっていたが、当人の政治的季節が終わった今では、まったく見かけることもなくなった。私にはもともと違和感があって、いつもその場所を素通りしていたが、〝美しい〟という形容を〝国〟の上につける政治的意味を知りたくなって、読まざるをえなくなった。実は、ドナルド・キーンの『果てしなく美しい日本』（講談社学術文庫）を読んであったので、その〝美しい〟という意味との対比をしてみたくなったからである。

もともと、〝美しい〟というそれ自体では空疎な言葉の意味を詮索することに、価値があるとは思えない。私の本心は、あまり真面目な態度ではなかったかもしれない。実は、政治家がこの言葉を使うことの空疎と危うさを知るには、日本古典文学を知り尽くした日本理解の第一人者ともいえる碩学《せきがく》・ドナルド・キーンとの比較が欠かせないと感じたことが大きい。これは、まさに、私の野次馬根性でもあろうか。しかし、この政治家の著書のどこを読んでも〝美しい国〟の実像を想像することはできなかった。

政治家の〝言葉〟が信じられなくなっている、という人が多い。今に始まったことではなく、また、「信じる方が悪い」といわれれば、それまでであるが、〝国〟という自分の棲家の基盤が危ういとなれば、淡い期待のある無しにかかわらず、民は投票所に赴く。軍事独裁や強権政治の危機が迫ってくる前に民が反応しなければ、また同じ歴史を繰り返し兼ねないことを、わが民は嫌というほど学んでいるはずである。

かの政治家の原点は、A級戦犯容疑者であった祖父に寄り添って、祖父に楯突く勢力への反発で培った情緒的なシンパシーにあった。裕福に育って満喫した自由のお陰で、〝闘う政治家〟の精神を、本人の用語法によれば〝開かれた保守主義〟というイデオロギーに立脚することと決めたようである。バラバラの各論には、沢山の政治メニューと公約めいたアジェンダが並んでいる。ある昭和史専門の作家が、まるで「中学生の作文のようだ」と評したように、コピー貼り付けかと思わんばかりのエクリチュールとアイテム列挙では、〝美〟の転移は起こりそうもない。〝美〟とは、デジタル・データを並べたものであったとしても、行間に滲み出るアナログの感受性から滲み出る何か（韻）である。

因みに、ドナルド・キーンの英語版の原著名は、民が過去の誤りと格闘してきた日本を、生き生きと描写して世界に紹介した"Living Japan"であった。

〝金次郎〟像と『大学』

薪を背負った身長1メートル前後の二宮金次郎像は、いったいどんな本を読みながら歩いていたのか。戦前、この〝負薪読書〟像は、どこの小学校の校庭にも立っていた。

私は、国民（小）学校の頃、この銅像に格別の思い入れはなかった。また、〝負薪読書〟の姿に象徴される報徳思想の謂れについても、誰かに訓示を受けたこともない。確かにその像は、いつもおぼろげに、子どもの暮らしの近くにいた。しかし、どちらかといえば目障りだった。決して真似はできない、と諦めていたからである。

小学年齢では、あれほど大量の薪を背負って長く歩くことは難しい。それに、戦中でも、学校には詰め込み暗記教育があったので、授業が終われば遊びに逃げたかった。そうでなくても、畑仕事の手伝いは像のモデルよりもむしろ厳しく、やや違和感があった。それにしても、江戸後期の〝金次郎〟が、何故、少年のまま成長を止めてしまっていたのか。

明治二〇年代、幸田露伴の『二宮尊徳翁』の色刷り口絵に始まって、この姿形は昭和初頭には全国に広がったといわれる。ただ、私に鮮明な記憶が乏しいのは、銅像や鐘楼、弁当箱だけでなく、すべての金属類が戦時徴発された時期と重なって撤去されており、また、軍国主義教育にとって「報徳思想」が重視されるはずもなかったからであろう。

「報徳思想」のイデオロギーは、成長の止まったままの〝金次郎〟像からは生まれてこない。至誠、勤労、分度、推譲の四語で構成される思想体系は、金次郎自身の実践記録とデータ分析を通して実務のルーティンで表現されたものであり、彼自身によって著書の形で言語化されたものでは必ずしもない。実は、金次郎側近の相馬藩士・富田久助（高慶）が纏めたとされる『報徳記』が、明治天皇の興味を引いたところから、金次郎の合理的精神が捻じ曲がって金次郎神話が始まった。この辺のところは、人口減少社会における成長戦略を金次郎の経済戦略の原型からひも解いた、猪瀬直樹『二宮金次郎はなぜ薪《たきぎ》を背負っているのか』（文春文庫）に詳しい。猪瀬の着眼点も、いつものように鋭く、興味深い。

実は、戦後の福祉政策論では、「報徳思想」は強い批判に曝された。〝報徳を説く〟ことで、政策サポタージュを合理化する方便に使えるからであった。確かに、金次郎伝説にやや帰依しすぎているともいえる猪瀬の経済理論は、グローバル経済の深みに嵌まった危機の時代の金融不安に通用するかどうか疑問である。ケインズ流の政策破綻後のプライマリー・バランスの問題が、金次郎の「分度」の問題と同じだとも思えない。しかし、〝尊徳〟が臨終に際して残した遺言は、まさに至言であった。経済的事実の制御は、薄氷の上を歩いているに等しい、という趣旨のことを『論語』を引用して言った行《くだり》である。

「小人閑居して不善を為す」というわが難点を言い当てているような箴言《しんげん》が、『大学』の中の文章であることを、私はすっかり忘れていた。宇野哲人・全訳注『大学』（講談社学術文庫）に改めて目をとおして、金次郎が原文漢語のまま読んでいたのを真似ても、私には漢文を読む力がない。私は、宇野の訳注のお陰で、辛うじて内容を理解している。

やはり、金次郎少年は、別格の知能と強靭な精神力をもった神童であったと思う。

〝労働者〟の肖像

「——漁夫は指元まで吸ひつくした煙草を唾と一緒に捨てた。巻煙草はおどけたやうに色々にひつくりかへつて、高い船腹《サイド》をすれ〳〵に落ちて行つた。彼は身體一杯酒臭かつた」

小林多喜二『蟹工船』（戰旗社　一九二九年）の書き出し部分である。

明瞭で完璧な情景描写の導入だ。ありのままの〝労働者〟をどう描くか、表現の問題というよりもその設定が問題を含んでいる。一九二〇年代の日本の、しかも蟹工船という典型を用いて労働者を描く限り、すでに、ありのままであるはずはない。創作意図の背景に社会主義思想と革命の課題があるにせよ、蟹工船の設定は、ソ連国境、丸の内の漁業資本、船舶管理者、現場監督、未組織労働者、北東北の貧農子弟、ルンペン化した学生くずれ、などが混然として蠢《うごめ》く格好の舞台となっていた。そして、すべての舞台装置は、暴動の必然性を孕んでいる過酷な労働環境の〝労働者〟の群像が浮かびあがるようになっている。

もちろん、現代から見れば、〝小説だから〟というだけでなく、過酷な搾取労働に耐えた一九二〇年代の労働者の肖像であることは間違いない。

それでは、今、何故『蟹工船』なのか。誰がどのように仕掛けたものかは、ともかくとして、人材派遣的フリーター残酷労働の〝労働者〟像が充満し始めたことによって『蟹工船』が甦った。小林多喜二が甦ったのでは決してない。この小説は、革命を予告しているよりも、繰り返す暴動は何度もありうるが、革命など当分起こりそうもない一九二〇年代限定づきの〝労働者〟像を浮き彫りにした。

多喜二は、検挙された直後に獄死した（一九三三年、二九歳）が、非合法共産党員としても、また新進の小説家としても未完成のままで、生を圧殺されてしまった。『蟹工船』は、入党二年前の作品である。北海道拓殖銀行もまだ解雇されていなかった。

彼は、〝労働者〟を決して理想主義的に美化して描いてはいない。目を覆いたくなるような〝糞壺〟（船室）の中で、労働者自体の精神も目を覆いたくなるように荒廃しきっているからこそ、一触即発の身近な権力への報復行動が起こりそうな期待と裏腹に、一種の絶望的〝労働者〟像を発見して、彼らにコミットできないでいる。多喜二が〝労働者〟を見つめる眼は、明らかに彼の出自が貧農とはいえ、大学出の〝知識人〟の側にある眼であった。

突然に飛躍するようだが、ちょうど同じ時代、シモーヌ・ヴェイユが独りの女工として、工場に二年間身を置いたことを、思い出した。ヴェイユは、いわばスターリンの傲慢と無能に絶望し、自ら〝労働者〟の何たるかを体得するために、政治哲学者を捨てずに工場現場に入った。そして、〝労働者〟を外側から見ていた自分の全人間的な非力を理解した。

「――その結果、自分の社会に対する反抗心や反逆心が増大すると思ったら、かえって従順な気持ちの方が増大したことに気がついた………だからどうしたんだと言いたい人々もいるだろうが、これは政治思想や社会思想にとって眼にみえないが現在でも重要な進歩だと思う人もいる………」（吉本隆明『甦るヴェイユ』洋泉社　二一二頁）

ありのままの〝労働者〟には、さまざまな顔がある。だから、描くことは滅多に成功しない。

〃大儀の射《いくさ》〃

現役を去る前に、置き忘れてきたものがいくつもある。

ふと思い出すことはあるが、取り返しがきかないものもある。言い訳がましいが、このところ私は、心身の健康と安定のためと、大上段に構えた偉そうな問題設定を避けてきた。自分の責任能力の程度を超える難題は、未解決のままにしておくことにしてきた。しかも、誰にでも突きつけられる人としての使命感とか、悪を糾す正義とかの大儀について自分に問いかけることを棚上げにせず、またその問いが仮に難しくても、せめて、その問いの意味ぐらいは忘れていないことを自覚できていたかどうか、甚だ心もとない。

くよくよと、そんなことを思っていた折、何気なく手元にあったエドワード・W・サイードの『知識人とは何か』を眺めていたら、ジャン・ジュネの言葉を引いた、次の文章にぶつかった。

「自分の書いたものが社会のなかで活字になった瞬間、人は、政治的生活に参加したことになる。したがって、政治的になるのを好まないのなら、文章を書いたり、意見を述べたりしてはならないのである」（平凡社　大橋洋一訳　一六九頁）

サイードが、最終章「いつも失敗する神々」で〃転向〃について論じた箇所である。

「またか！」と思った。私は、論文の絶筆宣言をしておきながら、「雑文ならいいか」と書いてしまっていたのである。確かに、どのような形式、主題、修辞であろうとも、〃書く〃という行為は活字になった途端、世俗を離れることができなくなる。サイードに指摘されるまでもなく、私は難題を避ける形で、非政治的に政治的なるものにかかわり、世俗の権威や権力との距離を確定し続けていたことに変わりない。極端な命題設定かもしれないが、命がけで〝報復〟や〝不服従〟、あるいは変革のための〝挑戦〟を貫きとおす心情を支える大儀とは、どのような距離感を保つことができるか。無風状態に身を寄せて暮らしていても、このような問いは、日々マスコミから投げつけられる。死と引き換えの〝不服従〟も、歴史に身を委ねるだけの、冷徹な論理と矜持に裏づけられた勇気を要求される。

世界では〝報復〟の連鎖が続いている。〝揺れもどし〟も繰り返されている。その都度、「神々」は死滅したり復活したりする。これまで私は、規制と市場、選別と普遍、価値と機能、有効性と効率性など、社会的施策に不可欠なキーワードの二者間についての見解を絶えず変えてきた。今でも、潜在的にはこの矛盾関係を内包したままで、老後の葛藤の心情を表現している。それを「転向」というか「変節」というかはともかく、要するに及び腰で、かつ二者択一に陥らないためとはいえ、迷いの戯言で済ましていられるだろうか。

私は、長年にわたって、〝cause〟という言葉を前後の文脈抜きでは訳せないで困ってきた。〝cause〟と〝function〟の関係は、社会改良施策では常に相互背反と相互依存との不安定な関係におかれている。この問題の古典、Porter Lee〝SOCIAL WORK AS CAUSE AND FUNCTION〟(1929)を手元から失っていたので、若い研究者を煩わせてコピーを送ってもらった。今も昔も、この葛藤の様はまったく変わっていなかった。

〝頑強な悪〟(entrenched evil)は、未だに無くなっていないのである。

パンデミックの果てに

思い出せないほど長い間、飛行機も新幹線にも乗っていない。

〝晴耕雨読〟といえば聞こえがよいが、畑を所有しないし、体力もないので、書を読んでいるかどうかを別として、年中雨降りみたいなものである。つまり、安い車を乗り回し、ほんの僅かリハビリのために歩いているだけで、田舎の閑居には違いないが、戦時中の白洲次郎のような〝カントリー・ジェントルマン〟を気取る余裕があるわけでもない。要するに、終日《ひねもす》清浄な空気に浸っているという贅沢に浴しているだけのことである。

だからといって、惰眠をむさぼってばかりいられないこともある。

私にとって〝人ごみ〟といえる場所は、毎月の定期検査で赴く診療所の待合室くらいしかない。しかし、もし悪性のインフルエンザが上陸してきたら、そこが感染源だ。悪性インフルエンザの蔓延でもっともリスクの高い職業は医療関係者だ、というのとほぼ同じ確率で感染するかもしれないと覚悟することにしている。

数年前、中国やベトナムで人々を恐怖に陥れた鳥インフルエンザの流行で、誰もがマスクをかけたまま生活していたパニック状態の光景は、平静に戻ればその時の異様さは忘れがちである。しかし、新型インフルエンザ（H５N１）に関して、わが国に上陸してきた場合の死者の試算が数十万人という予想を指して、それはパンデミックと命名されている。その恐怖は、「新型インフルエンザのワクチンは実際にパンデミックが起きた後でなければ製造できない」（小林照幸『パンデミック』新潮新書　一二二頁）というタイムラグに起因する。高齢者と乳幼児ほど感染リスクは高いが、ワクチン投与の順番待ちの問題が複雑に絡む。だから、このような極限のパニックは、人々の人間の本質を試すことにもなり、さらにパニックの深刻度を増す。死者の数は、世界規模では第二次世界大戦クラスなのだ。

作家の辺見庸がテレビ（NHK・ETV特集）で、今日の日本の破局状況をパンデミック状態だとして、カミュの『ペスト』を引きながら、「絶望に慣れることは絶望そのものよりも悪い」といった。滅多に小説を読むことはないのに、慌てて『ペスト』を読んでみた。

言葉の正確な使い方からいえば、作品におけるアルジェリアの街オランのペストは、パンデミックではなく、アウトブレイクというべきなのであろう。しかし、街中に溢れる鼠の死骸と高熱患者を運ぶ救急車の音によって徐々に忍び寄る不安を、淡々と描くカミュの手法は、突き放したように冷ややかであるだけに不気味である。

今となっては、サルトルとの論争には、あまり興味が湧かない。発表こそ戦後であるが、執筆に入った一九四一年は、フランスがナチス・ドイツに占領された時期にあたり、カミュの地下抵抗活動と重なっている。〝ペスト〟という象徴の寓意を読み取るとすれば、それは、〝医師リウー〟としてのカミュ本人にとって、コミュニズムかキリスト教かの問題ではなく、隠されている本来の〝敵〟と対決するときの人間のあり方を問うことであった。

戒厳令が解かれて危機が去った（終戦）後、死者が残していった平和の中に発見する不条理への問いは、惰眠をむさぼりかねない今の私の胸に深く突き刺さってくる。

ゲームのリセットのように

人は、何度くらい、自分の死や殺人の繰り返しに耐えられるのだろうか。もちろん、現実世界の設定ではなく、コンピューター画面での話である。

一般論として、デジタル世界における殺人プレーによって脳が受けるダメージの問題を知らないわけではない。このような奇想天外な問いは、つい最近まで自分から発することはなかった。このことは、いわば「世代間亀裂」の象徴ともいうべき論壇への衝撃が起こるまで、私にとって深刻な問いでは必ずしもなかったのである。その昔、喫茶店のテーブルにあったインベーダー・ゲームに一回だけお金を入れてみたことはあった。しかし、それ以後、ゲームというものをしたことがない。私は、本質的にアナログ人間らしい。

本題に戻る。二〇〇八年秋からの金融崩壊以後、本屋の経済雑誌コーナーをよく覗くようになったが、近くで、懐かしい週刊誌『朝日ジャーナル』（創刊50年）をたまたま見つけた。一回限りの『週刊朝日』緊急増刊であった。その発行意図と編集部の経過説明も興味深く、多くの論点を含んでいる。記事の一つに「赤木智弘—思想の源流」（小泉耕平記）があった。いつもの悪い癖で、私の飛躍した冒頭の問いは、ここから始まった。二〇〇七年『論座』の赤木論文は、私も読むには読んでいた。ただ、その時は、「丸山眞男をひっぱたきたい」という、ルサンチマン（ニーチェ『道徳の系譜』）の再現でないにしても、戦後思想の潮流を継承していない青年層の心理を理解するための素材としてだけ処理していた。

ところが、『朝日ジャーナル』の記事を見て、赤木の論点の中心が戦争待望や災害待望に強く向けられているという意味を、改めて考え直すことになった。平たくいえば、彼は、〝ガラガラポン〟の状態を望んでいただけだったようだ。〝開き直り〟ともいうべきものだ。そこでの主題は、丸山眞男「論」などではなかった。フリーター青年の絶望的な〝開き直り〟ともいうべきものだ。

記者によると、「好きなゲームの話になるときは、穏やかな顔になる」という。彼の戦争感を評するために、雑誌『論座』から次のような佐高信のコメントも引用された。

「不思議でならないのは、戦争によって自分が死ぬということを考えていないように見えることである。戦争とは他人が死ぬもので、自分が死ぬものではないという考えは、やはり、ゲーム感覚がしみこんでいるからか」。翻って考えてみれば、イラク戦争中、画面上でミサイルを発砲していたデヴァイスとも同種のものかどうか知らないが、脳のはたらきは同じ結果となるに違いない。赤木は、自分だけが生き残る日常の破局《カタストロフィー》を期待している。そこには、虚構の平和と虚構の戦争が、奇妙に同居している。

残念なことに、戦争体験は、生き残った人たちだけによって語り継がれている。如何に悲惨な戦争異常体験でさえも、死者自身の語りはなく、代弁でしか聞けない。にもかかわらず、『野火』で人間の極限を著した大岡昇平の次の言葉は、私の頭を離れない。

「帰ってきていろんな友達と話していると、やっぱり戦争にいかなかった人とはどっか話が合わないとこがあるんですよね。なんか異和感がある」(『戦争』岩波現代文庫　一八八頁)

赤木青年は、紙面だけで思う存分いくらでも、丸山眞男をひっぱたけばよいのである。

〝挫折と彷徨と救い〟

誰にもある青春の挫折。それは、甘酸っぱいものだけではない。だから、リアリズムに徹した私小説ならまだしも、その挫折の追体験をフィクション作品で学習してよいものかどうか、余計な心配のようだが、私は危惧している。

いわゆる「青春小説」は、よほど悪ふざけがテーマでない限り、挫折体験が通過儀礼のように扱われることが多い。滅多に小説を読まない私のことだから、この断言は偏見かもしれない。しかし、男女の愛憎や友情の交錯のような人間くさい超歴史的な挫折とは異なり、時代の激動期の渦中に体験する挫折は、通過儀礼で済ましておくことはできない。自分のなかに閉じ込めておけば何度でも反芻されてその後の生き方に翳を落とし、下手に語り継げば、手元を離れた普遍テーマに席を譲らなければならなくなるからである。

三田誠広《まさひろ》の『僕って何』は、一九七七年度上半期〝芥川賞〟を受賞した、ある種の〝青春小説〟であった。「挫折と彷徨だけではない。この物語には救いがある」という文庫版の帯にあるコピーは、河出文庫版の解説にある大崎善生の言葉からの引用である。しかし、物語の核心に〝救い〟があるとは到底思えないが、もしあるとすれば、大学紛争中の過激派セクトから逃れて母親の懐の温かさに回帰したことにあるのかもしれない。しかし、それだけでは、〝挫折と彷徨〟から得たであろう〝救い〟は、ほとんど退化に近い何かである。

もともと私は、何らかの文学賞をとったかどうかを基準に小説を読むことはない。この四〇年も前の小説に目をとおしたのは、同じ作者の『マルクスの逆襲』（集英社新書　二〇〇九年）を読んだからであった。この作家は『僕って何』によってデビューしたが、この作品が芥川賞小説であったことを、私は理解できないでいる。当時の選評もおしなべて決して芳しいものではないが、唯一敢えて推挙していた大江健三郎にして「通俗的な風俗性に流れている」といわざるをえなかったほどに〝らしくない〟小説だった。ただ、だからこそ当時の青年期の世相（荒んだ学園）を映した新時代到来の芥川賞小説だったのかもしれない。

実は、啓蒙書のような『マルクスの逆襲』では、個人体験を織り交ぜて、自らの〝全共闘〟世代を語り継ごうとしている。彼は、高校時代にすでにマルクス文献を読破していた自負から、同級生たちのその後の新左翼セクト活動への没頭も熟知していた。だから、『僕って何』で描いたような〝だらしない〟ノンポリ学生が突如として白ヘルを被ることになり、また白ヘルの女子学生と偶発的に同棲生活に突入するほど、彼は軟弱な学生ではなかった。要するに、この青春小説は、全共闘世代の軟弱な精神性を同世代人の高みから揶揄を浴びせた話であって、その意味では、ここには〝救い〟など存在するはずもない。「神田川」や「襟裳岬」の歌に癒しを求めた青年たちの彷徨は、並の常民に属する悲哀であったはずだ。密かに煩悶しながら、それぞれに異なる癒しを発見してきたに違いない。

書名に誘われて、いわゆる流行《はやり》の〝自分探し〟のためにこの作品が読まれているとしたら、今さら、ゲバラやトロツキーなどに惹かれるのとは対極的な意味で、大変な見当違いが起こりかねない。青春の挫折には、甘い〝救い〟などあるはずがないからである。

ロスジェネ（Lost Generation）という断層湖

またぞろ、新語が次々と登場して、新種の世代論が宣《かまびす》しい。

特に、〝ロスジェネ〟という言葉は、二〇代後半から三〇代後半までの世代が、就職氷河期に直面したことから、ことさらに流行語としても広がった。

精神科医の香山リカは〝根拠のない自信、根拠のない自信喪失〟を日替わりで繰り返すなど、ひ弱になっている〝若い人〟について、これまでの若者擁護の態度を一転させて、〝若者への戦闘宣言〟を始めた（『私は若者が嫌いだ！』ベスト新書　二二頁）。古い世代の私に、香山のような形を変えた叱咤激励に似た発言をする資格があるとは思えない。しかし、実を言えば、このような若者の精神の兆候こそ、もっとも危険な政治潮流の根源となること、それが、第一次大戦後の教訓であったはずである。香山は、そこまで論を進めてはいない。

時代の転換期には、時代を代表する世代に区切をつけて名づけられる特別の世代が、必ず登場する。それは、過去との決別の意義を読み取り時代の行く末を予測するためには、確かに必要な概念化かもしれない。本来、固有名詞的なロストジェネレーションの古典的意味は、第一次世界大戦後の西欧的な価値の転換から起こった一九世紀末生まれの世代（一九一四年世代）における絶望と退廃の思潮を体現した世代のことである。この訳語の〝失われた〟または〝迷える〟世代という意味を込めて、わが国ではバブル崩壊後の世代を新たにこの名で『朝日新聞』が甦らせた。マスコミ界では、この世代を表す新語、略語は、〝ロスジェネ〟や〝迷える世代〟だけでなく、他に、〝氷河期世代〟、〝ニート（not in Employment, Education, or training）世代〟、〝携帯世代〟、〝プレカリアート（precariat）世代〟、果ては〝『蟹工船』世代〟という言い方さえあって、ほとんど同世代を表している。

日本のバブル崩壊は、第二の敗戦ともいわれた。第二次大戦後には、戦後派を意味する〝アプレゲール〟というフランス語の流行語もあったが、今では死語である。その後、わが国のバブル全盛期にはしゃぎまわっていた若い世代に対して、異なる惑星からきた人種であるかのような〝新人類〟という呼び名をつけた。この新語は、現世の社会構成から断絶するほどの新しい行動様式をもった若者たちを特定しており、決してネガティヴな意味合いを含まなかった。当時『朝日ジャーナル』編集長をしていた筑紫哲也が名づけ親だったが、これも今や死語同然となった。

第二次世界大戦前夜の〝ロスジェネ〟の変貌との類推から今日の〝ロスジェネ〟の意味を考えれば、それはすでに第三次世界大戦前夜への危険信号が出ていることを予感させる。〝やけのやんぱち〟の「希望は戦争」というようなフレーズが飛び交うカオス願望も、その一つだ。バイカル湖のような、世代の断絶層にできる巨大な凹地の湖は、両端の崖で出口を塞がれていても、いつ、断層湖の奔流が猛威を振るうことになるかはわからない。

佐藤優と雨宮処凛が『中央公論』（二〇〇八年四月号）で対談した際、佐藤は「社会構造の生み出した〝ひずみ〟は過激な方向に絡めとられやすいですから………」と、発言したが、二人の対話が噛み合うことはなかった（文春新書編集部編『論争・若者論』文春新書　一一五頁）。

『戦争を読む』を読む

書評をするつもりはない。そんな大それたことは、この本に限ってとてもできない。

〝書評〟本に追い討ちをかけて、また書評する愚かな真似もどうかと思うが、にもかかわらず、この著書『戦争を読む』（勁草書房）を書いた加藤陽子の才気溢れる読みの深さとユーモアを秘めた書きぶりに、「戦争」という物騒な事象を扱う彼女の原点を見た。『戦争の論理』（勁草書房　二〇〇五年）を上梓した二年後、〝書評〟書と称して出したこの本は、基本的にはエッセイ書の趣がある痛快な本である。さまざまな媒体に書いたさまざまなジャンルの戦争を主題とする著書の〝書評〟を集めたものであるから、比較的短く、また長さも異なるが、単なる紹介的書評では終わっていない。「あとがき」にも書いてあるように、彼女は〝エッセイ〟本の愛読者で、エッセイスト志望もあるらしい。

「今より少し若かったころ、とことん疲れたと思ったときは、お気に入りの作家の書いた、本をめぐるエッセイや書評本などを七、八冊抱えて、雲隠れしたものだった。温泉と糊のきいたシーツと明るい読書灯があれば何もいらなかった」

これで、私は納得した。

私もこれまで、専門分野の書評は随分としてきた。しかし、専門分野の書評の場合は、特定のパラダイムにもとづく評価基準からの判断が入っており、一種の論争を招くことさえある。だから疲れる。返り血を浴びることもある。そして、当然のこと、少しも面白くない。しかし、現役を引退して、いささか無責任に雑多なジャンルの本が読めるようになってから、いわゆる硬派の人の〝書評〟をエッセイのように読む面白さも知った。たとえば、松浦玲、山内昌之などである。それは、斎藤美奈子の書評の〝抱腹絶倒〟とは違う。

もともと、私は、『戦争の論理』という彼女の論文集で、一九六〇年生まれの若い政治史研究者の存在を初めて知って、冒頭の書き下ろし論文だけを読んだ後、書棚に放置していた。そして、つい最近、『戦争を読む』を本屋で立ち読みして、不思議な魔力を感じたのである。

〝書評〟は、執筆者の個性が出るので、選んだ本がジャンルを超えるほど面白くなる。『戦争の論理』では、読んでいて頭が変になるほどに、史的事実だけを克明に解析して新たな仮説を相対化の視点で冷厳に叙述していくのに、翻って〝書評〟では、しなやかな感性を顕わにする屈折が愉快である。この感覚が、『戦争を読む』では、冒頭に吉村昭の『彰義隊』（朝日新聞社）の書評を配置した編集に表れた。にくい編集の仕方である。

「戦争という修羅場で生ずる、ほんの僅かのエゴイズムさえもこの作家の手にかかっては見逃されることはない」（五頁）

政治史研究で過度にミクロな世界に及ぶのは、必ずしも妥当な方法ではないし、フーコーがいう「ある日突然の変化」の観点は、戦争（外交）史に適さないと思われる。しかし、加藤陽子は、物騒の極みともいえる数多の「戦争」を学問対象とする気鋭の政治史研究者でありながら、その対極でもある、しなやかな文学的感性をもつエッセイストでもあった。

むしろ、東大を離れてさらに自由度を加えた時の、筆の走りの方が楽しみである。

「戦時日記」(その一)――敗戦を知った日

怠惰な私にしても「日記」を書いたことはある。しかし、何一つ残っていない。いわば「三日坊主」で終わり、恥かしさもあって、後にすべて廃棄していた。思い出したくもない過去の記録が欠落していることに、必ずしも安堵しているわけではない。

そのためかどうか、私には戦時中の他人の「日記」には強い関心と興味があって、本も少々溜まっている。巧く説明ができないのだが、特に一九四五年八月一五日の他人の日記に異常なほど関心があって、よく抜き読みする。何かの特定事実を調べたいからではなく、自分の欠落部分を単に埋めたいがためであろうか。

沖縄戦に従軍した恩師の故吉田久一(日本社会事業大学名誉教授)先生の場合、『八重山戦日記』(ニライ社)では、八月一五日は、マラリアで四〇度の高熱を出していた。日記にはそのこと以外、何も記述していない。初めて〝日本無条件降伏〟を知って、それをさり気なく書いているのは八月十九日である。その翌日には、「溢れる人口と疲れきった兵士を引き受けられるのは農村だけだ」と醒めた目で淡々と敗戦の結果を受け止めた。

日記を読めば、早くから敗戦と自分の〝犬死〟を予知していたことがわかるが、この日記を島民に預けて検問を逃れたとはいえ、よくも隠しきって書くことができたものだ。

独特の筆致と論理で名高い山本七平が『日本はなぜ敗れるのか―敗因21か条』(角川書店)の中で共感

と驚きをもって分析対象にした『虜人日記』（筑摩学芸文庫）では、項目別に多岐にわたってフィリピンでの敗戦過程を記録している。その著者・小松真一が敗戦を知ったのは、八月一八日であった。「無条件降伏」の項では、「一時は皆放心状態になったが、〝いや、皆殺されるのだ〟〝そんな馬鹿なことはない〟等々と。………人の悪い兵隊が〝兵隊は日本に帰すが、将校は殺されるでしょう〟等と驚かすので将校の服や刀を捨てる者もいた」と淡々と記述される。彼は軍人ではなく陸軍に徴用された技師である。しかし、彼は日本の軍隊そのものに敗因を感じ取って、それを克明に記録し、捕虜収容所でも書き続け骨壷に入れて持ち帰った。その日記は、故人になってから夫人によって発見された。

他方、鎌倉に住みながら情報通だったのは大佛次郎である。一九四四年九月一〇日に始まる『終戦日記』（文春文庫）は、冒頭、「物価、と言っても主として闇値の変化をできるだけくわしく書き留めておくこと」と記され、日常の記述の中で軍部批判と海外情報、敗戦プロセスが記録される。戦中にも、このように醒めた日本人が隠れていたのだ。

八月一五日には、「大部分の者が専門の軍人も含めて戦争の大局を知らず、自分に与えられし任務のみに目がくらみいるように指導せられ来たりしことにて、まだ勝てると信じておるならば一層事は困難なるらし」と書く。

敗戦前日に敗戦を知らせた通信社から原稿依頼を受け、不承不承、一五日当日に彼は原稿を書き上げた。相変らず闇値を淡々とメモし続けながら、一〇月一〇日、共産党員の出獄のエピソードを付記して日記を終えた。

敗戦を知った日、それぞれの人生を歩む人間の本質が、一挙に噴出したのだと思う。

「戦時日記」（その二）――『八重山戦日記』再び

〝敵〟と戦う意思のない兵士が、低空からの弾を浴びながら日々日記を書く行為は、何によって突き動かされていたのであろうか。

吉田久一『八重山戦日記』に目を通していると、自分の関心事の八月一五日のことに限って済ましておくことができなくなる。応召兵の吉田一等兵は、最後まで幹部候補生を拒み、上官から靴裏や板で殴られ、休務中は本を読むだけで過ごし、また島民から地元習俗を聞き取ることを生きがいにして、しかし通信架設軍務を怠ることなく、沖縄の島々を転々と〝生きて〟いた。または度々、事実上〝死んで〟いた。関東軍に配属され、満蒙《まんもう》から南進命令が出て沖縄に渡り、敗戦の翌年、夏の軍服のままで雪の山道を登って郷里新潟の村に復員するまでの日記、それは敗戦の前年の六月二〇日に始まり、敗戦の翌年の一月十三日で終わる。爆撃、発熱など、何があっても、一日の記述を欠かしていない。

検問を逃れるため携行米袋に隠し持ち帰った雨水で汚れた手帳は、七冊であった。

資格がありながら〝幹候〟を拒むと、どんな仕打ちを受けるかは、私も知っている。しかし、常態化していた上官の殴打《ビンタ》よりも嫌味な皮肉の方が傷は深い。ただ、沖縄現地の人と親しくしていることがスパイ容疑をかけられる理由とされれば、日本陸軍の腐敗そのものであって、吉田一等兵を逆に勇気づけることになったといえる。

敗戦が近づくにつれ、兵士だけでなく、島民の子女の死体が運ばれていくすぐ傍で任務についている日々が続いていた。そうした中で読書や民俗調査に熱中している姿は、極限の自己防衛ともとれる。しかし、自己と客観との格闘は、私の胸を締め付ける。

思いもかけず、六月二七日を境に、島は奇妙に静かな日々となる。島の小さな女の子〝郁子ちゃん〟との楽しい時間、読書に耽る平穏が生まれた。

沖縄戦だけが終わったのである。

「六月二七日　晴後雨　今日午前中開南行、二十三日沖縄本島遂におつ。牛島軍司令官の最後の放送に『沖縄県民よく協力』とある。いよいよ本島は敵のものになった。維新以後沖縄七十年の民衆の歴史に、近代日本がどの程度本ものを与えたか、いよいよそれへの審判がきた」

「六月二十八日　晴　作戦開始前に曹長より牛島中将の決別の辞が達せられる。……これで我々は作戦圏外に置かれ、運命の子になった。フィリピンと沖縄本島の間にはさまれて、生死また敵軍の意のままである」

この二日分の記述の意味は重い。昭和の異常な戦後が、今も終わっていないからである。

吉田一等兵のこの日記を、今までに何度か取り上げたことはあったが、現役を辞してから改めて通読して、今までに見落としていた全体像の再発見をすることになった。

私はこれまで、その日その日の〝今日〟だけを生きていただけなのかもしれない。その意味で、身近だった人の戦地における青春の日々の〝生と死〟の意味と私の日々との違いについて、あれこれと考えさせられ、今の平穏に呆れた。

解凍（解氷・溶解・氷解）、または液状化について

どのような人間同士でも、見解の相違でいったん意固地になってしまえば、和解することはなかなか難しい。とことん話し合っても、完璧にわかり合えるとは限らない。

この厄介な現象に、解剖学者・養老孟司は『バカの壁』（新潮新書）で、一世を風靡して、ロングセールを続けた。しかし、〝バカ〟という言葉のもつありきたりのイメージから、つい知性や思想の欠如を連想しがちだが、根の深い先入観（偏見）から壮大な理論体系までの振幅を孕んでいる、その根源を辿っていくと、そこには曖昧模糊とした〝イデオロギー〟という名の幻想または虚偽意識のような表象の対立が潜んでいることが多い。そもそも、一つの明白な〝イデオロギー〟は、真正面から対立する別の〝イデオロギー〟の措定がなければ、芽生えもないし特定もしない。

こんな風に一刀両断に断言してよいものかどうか、年甲斐もなく動揺してきて、イーグルトンがとりあげた一六種類の定義の列挙（a–p）と解釈を参照してみた（前出『イデオロギーとは何か』）。

この書は、入門書の範疇には収まらない。言語学におけるディスクールの概念に置換し、無意識のなかに隠されている意味作用の権力性に関するフーコーの説、あるいはポストモダン・構造主義などを、継承的にかつ批判的に解剖している点は、示唆に富む。

ともあれ、恥ずかしくも私は、この言葉をかなり無神経に使ってきたようである。挙句の果てに、イデオロギーを問題にする人間ほど、おしなべてイデオロギー〝的〟である、という結論に達した。〝的〟

という言い方は、なんとも便利な言葉だ。それは、すべてのディテールを省略できる思考停止と侮蔑や揶揄を可能にするからである。そして、イデオロギーという概念は、二〇〇年以上も経つと、この言葉を侮蔑的に用いたナポレオンに始まってフーコーやアルチュセールなどの用法に至るまで、後期マルクス主義による転義と用法の転換を挟みながら、あまりにも意味の輪郭が曖昧に広がりすぎている。

この事態は、通俗的には言葉の〝溶解〟といえるかもしれない。連想して、いろいろな言葉遊びのような類語も浮かんでくるが、イーグルトンは、この用語を、まさに執拗に〝解凍〟した。そして、その執拗さは、加熱が進みすぎて、私には沸騰状態と感じるほどであった。論理展開の巧みさと蘊蓄を傾けた例証・傍証が多岐にわたるため、深みに引きずり込まれ、私の頭は溺死しかねなくなった。そこで、まったく別の現象に気づいた。

ディスクールとは、すべての言語表現に潜んでいる意味作用（目的・意図）の複合である。イーグルトンは「イデオロギーとは、ある種の具体的なディスクール効果の問題であって、意味生成そのものの問題ではない」（四六二頁）という。イデオロギーには、原初的な次元の意識作用が蠢いたり〝一夜にして取り返しのつかない〟激情が乱舞する危険も含んでいる。現代社会は、その意味で、数多の情念が溶解または液状化しつつあるが、ディスクール論では、この液状化の本質をも暴き出すことができるはずだ。

対立する激情の構図に冷静な接近ができるのは、その厳密さだけである。

不思議な「休日」

「毎日が日曜日」のような退職後、曜日の観念が薄れてきた。

したがって、連休も特別に嬉しくはないし、何故連休なのかも考えなくなる。平々凡々の日々である。

ただ、あまり意義づけしたくない〝祝日〟があって、そういう休日はすっきりしない気分のまま妙な終わり方をする。

その日が、「建国記念〝の〟日」（二月一一日）である。

そもそも〝の〟という文字が挟まっていることに注目すると、ここに厄介な戦後政治のいきさつが篭められていることによって、この日が謎めいた休日となっている。大概の人は、あまり深く考えないことにしてやり過ごし、賢明な態度をとっている。通称「建国記念日」は、法律上の正式名称ではなく、ここに秘められている対立の構図には、「紀元節」なる戦中の皇祖伝説への崇敬と反発が渦巻いているのである。

私の恩師の一人は、この日に限って全学生に知らせて〝祝日〟を返上し、必ず毎年教室を満杯にして自主講義を開いていた。

一般に、働いている人たちは、休日が多いほど喜び、いちいち目くじら立てて意義付けしながら休日を過ごしたりしない。しかし、フランス人が革命記念日を単に「パリ祭」として楽しんでいるとは思えない。フランスもアメリカも、そしてドイツも実にわかりやすい「建国記念日」である。東西ドイツの統一の例に倣《なら》えば、沖縄返還の日が、日本の新しい「建国記念日」になったのかもしれない、と考えるのは飛躍だろうか。

長期に続く戦後社会で、さまざまな思想や党派の液状化を経て、もはや天皇制も皇祖思想も、論理抜きに風化した。学校教育の中で、先生や生徒が、「神武天皇」が神話的存在なのか、それとも本当に実在したのかについて、ことさらに思い悩む必要もなくなった。

ところが、敗戦直後、私は、このことで密かに悩んだのだ。「皇紀二六〇〇年」という、とんでもない年数を叩き込まれた戦中の潜在意識が、まだ消えていなかったからである。

私には、ごく身近な人にしか告白していない昭和天皇に関する秘め事がある。

敗戦から数年が経っていたであろうか、田舎の便所で用をたしてから、私は一瞬たじろいだ。今でも日本の下水道は完全には整備されていないが、農村の便所は大概〝循環型〟(要するに水洗トイレではない)であった。そして、用紙には新聞紙を使っていた。その四つ折に裁断した一番上の新聞紙に天皇の立像の写真が載っていたのである。その時、私はその一枚だけをすかさず何枚か下に入れ替えていた。一瞬の出来事であって、決して何かの信念があってやったことではない。便所用紙にまつわるこの行為そのものに、ずうっと疑念と自己不信が残っていたので、大学に入ってから同年の友に「もし、君ならどうしたか?」と尋ねたことがあった。彼は絶句して、何も答えてくれなかった。

明治六年、グレゴリオ暦への改定の混乱によって決まった日付と天皇暦との関連付けとはいえ、天皇暦「紀元節」の亡霊には、昭和世代にとって怪しく奥深い反発があって、いつまでもその残像が続く。この日は、休日ではあっても、とても〝祝日〟にはならない。

実しやかな嘘について

日常世界では、〝嘘も方便〟という庶民の知恵が許されることがある。

もちろん、すべて許されるわけではない。人の心を傷つけないように気遣ってつく嘘もその一つである、という場合だけである。私などは、配慮に欠けたばかりに、本音で語るべきでなかったと、しばしば後悔しているありさまである。

しかし、政治の世界では、そんな次元の問題ではなく、方便という形で日常世界の知恵のように看過するわけにいかない。方便どころか、本当の嘘が本当の真実としてまかり通って、当の為政者も被為政者もともに、取り返しのつかない結果を、後の世代に困惑と不幸を押し付けてしまうという、負の遺産が、それである。

政治世界における嘘には、数多あるものの、少なくとも二つに分けることができる。

当初の約束の不履行が裏切り行為の烙印を押され、結果責任を問われて嘘となる。この例は、政治の世界では通例の嘘の形である。この場合、結果責任の問題なので、あからさまな悪意に満ちた嘘が最初からあるわけではない。

それとは別に、ありもしない現実を捏造し、実しやかな嘘によって創作されるシステムまたは支配構造の確立によって歴史を作り変えてしまう場合がある。伝統社会では、神話や伝説もその一種として潜在意識のなかで通用するにしても、半信半疑に聞き流されている限りは、人畜無害かもしれない。しかし、近現代史における捏造の場合には、謀略という政治手法は手が込んでいるので見破ることが難しい。それは、ほとんどが外交や戦争にともなう狡猾な戦略の構図として表れる。

ただ、そんなことを考えていたら、突然の飛躍のようだが、神話や伝説と絡めてまで世界規模のもっともらしい嘘がまかり通っていた例があった。

もちろん、わが国にも戦前の幼い日本人を騙した神風神話とか満州国の捏造とかの陳腐な嘘もあった。しかし、さらに大規模な嘘で固めた世界支配の構造といえば、西欧型帝国主義の発祥の原型に種を植え付けたともいうべき、一六世紀以降の大陸分割に隠されていた嘘も、驚くべき創作話の典型であろうか。

レパント沖海戦でオスマン帝国がスペインに敗れた後、強大なグローバル帝国が出現した。通称「アダムとイブの遺産」といわれる帝国は、スペインとポルトガルによって南北アメリカが山分けされるが、アルプス以北の諸国がその不当性を唱えるために作り出した嘘が「黒い伝説」であった。スペイン人による先住民虐殺をめぐる作り話の応酬合戦である。一方、イギリス人が作り出した「マドック伝説」は、「アダムとイブの遺産」の分け前を略奪するために、コロンブスに先立つこと数百年前に、北ウェールズの王子が大陸に定住して「白いインディアン」が平穏に暮らしているという説。この戯言に一八世紀になっても振り回わされていたという（加藤・川北『アジアと欧米世界』中公文庫　一五四～一六〇頁参照）。

アメリカ大陸には、スペイン語、ポルトガル語、英語、フランス語が残った。現代社会でも実しやかな嘘は蔓延っているが、世界の人々は、それを見破る力だけはつけた。

振幅と反転と迷走——熱狂の裏で

〝ブッシュ〟がなければ、〝オバマ〟はなかった。〝オバマ〟誕生の熱狂にまつわる最大の功労者は、〝ブッシュ〟であった。二〇〇九年一月一七日、アメリカ次期大統領のオバマは、フィラデルフィアをリンカーンに倣《なら》って特別列車で発ち、ワシントンに向かった。

このところ、読んだり書いたりする際に、いつの間にか、年月だけでなく日付を気にするようになっている。切羽詰ったように急ぎの生活をしているわけでもないのに、自分のおかれている時代と環境が、何故か日替わりで動いている。その時々の直後に、予想もしていない何かが起こる。こうして、今、まさに取り上げているテーマも、まるでナンセンスな文脈のなかに変わり果てて沈没しているかもしれないほど、論点は日々シフトする。今、二〇〇九年一月一九日、午後二時三五分、どのようなモメンタムが生ずるかわからないが、明日は、アメリカ新大統領の就任式である。

アメリカ大統領選の最中に起こった金融危機の引き金は、二〇〇八年九月一五日、投資銀行リーマン・ブラザーズの破綻だった。そこから始まった信用収縮による金融危機が実体経済にまで及んできてからの資本主義そのものの危機を指して、「一〇〇年に一度の危機」という枕詞が氾濫し始めた。しかし、この言葉は、二〇〇八年七月三一日に、第一三代FRB議長のグリーンスパンが、サブプライムローン問題にともなう金融市場の混乱について発言したことに由来している。実は、このグリーンスパンこそが、一〇〇年に一度の事態の当事者であり責任者だった。われわれ凡人には、時間の幅、歴史のスパンから生じる問題について、日常性の連続の中にありながら、どのような責任の引き受け方があるというのだろう。

日付や年月どころか、数百年スパンで今日の事態を考えなければならない問題が、身辺に迫ってきたことは、近頃稀であった。大恐慌時代の再来だというのに、フランス革命や一二世紀ルネッサンスの本などを、無関係に面白がっていたのである。不甲斐ない。

慌てて、金融関係や経済危機に関する本を数冊買い込んで読みとばしてみた。本の奥付にある発行日や〝あとがき〟の日付が、無性に気になった。『現代思想』(二〇〇九年一月号)、特集「金融恐慌―クラッシュする世界経済」の翻訳論文の数々はとても興味深かった。危機の全体像は、解説書風にやさしく読み解いてくれる水野和夫『金融大恐慌―アメリカ金融帝国の終焉』(NHK生活人新書)が、論旨は金融工学に毒されずに簡潔で明快だった。彼の説では、サブプライムローン問題は、一六世紀以来の地殻変動の中間点にすぎない、ということである。〝あとがき〟の日付は、二〇〇八年一一月一五日、発行日は一二月一〇日だった。

源流は、一九九五年から深みに嵌まった、果てなき地球的規模の危機だったのだ。

次の〝大きな物語〟は、羅針盤もなく迷走していて、見えにくい。アメリカは、健全に振幅を再生しているように見えるが、帝国の崩壊のプロセスが進んでいるのかもしれない。単なる反転への収斂となりそうな政権危機と対決の摩擦熱で興奮している某国の政治には、一六世紀以来どころか、明日の危機を乗り越える覇気とシナリオさえ見えない。

ただし、熱狂は、軌道をはずれると怖い。

歴史の欠落――内向きの個の物語

どうせ読めるはずもないのだから、と、その本はいつも買わずに前を通り過ぎていた。必ずしも、お金が惜しくて買い控えしていたからではない。

ベストセラー本は、売れれば売れるほど買わなくなる習性が、私にもともとあった。決して好ましい性格とはいえない。その欠陥を直す気もないが、ふとしたことから、斎藤美奈子の『趣味は読書。』（ちくま文庫）を通読したことがあって、並み居るベストセラー本をなで斬りにする凄さに圧倒されたことがあった。その影響もあってか、この悪癖を強めてしまったようでもある。巷の評判に付和雷同したくないなどと大層な主張があるわけではなく、勝手に気分が萎えてしまっただけである。斎藤の見事すぎる舌鋒《ぜっぽう》に責任はない。

斎藤にあることを教えられた。ベストセラー本には、共通する性質があること、そして、その共通性に共振しながら、読めるはずもないのに次から次へと買い捲るわけにはいかない、という単純な教訓である。すべてのベストセラー本を読破した上で厳しく批評しているのに、大変に失礼な単純素朴さではある。要するに、評判になった新刊本を皆に遅れまいと次々と読めるほど、私は若くないというにすぎなかった。

二〇〇九年七月、村上春樹『１Ｑ８４』（新潮社）が、うず高く平積みになっていた。

発売前から予約が殺到した『１Ｑ８４』という不思議な書名を知って、すぐ頭に浮かんだのは、ジョージ・オーウェル『一九八四年』（ハヤカワepi文庫）であった。その本も、確かに英米ほどではないが、日本でもベストセラーになりそうになっていたのである。

こうして、妙な回り道をして、二〇世紀の「歴史」に、私は引き戻された。

オーウェルにとって、スターリン体制批判を基調として一九四六年頃から執筆に入った小説の題名が、何故「一九八四年」なのか、村上にとって、オーム真理教問題がモチーフになっているとはいえ、何故二一世紀ではなく二〇世紀段階の物語なのか、それは不明である。

もちろん、その謎は読者が考えればよいことであって、答えは読者に委ねられてくるが、この二つの著作は、明らかに深い意味の重なりをもっている。

八〇年代後半、オーウェルだけでなく誰にも予想さえできなかった速度で劇的にソビエト・ブロックは瓦解《がかい》した。一方、村上は、二〇世紀なのか一九世紀なのかも伏せた「Q」という記号によって、歴史を脱構築した。大塚英志は、このことについて、「構造しかない文章で構造しかない物語がためらいなく描かれている」（『物語で読む村上春樹と宮崎駿―構造しかない日本』角川新書　二四五頁）と評した。

歴史の転換点に喘ぐ小さな物語を、空虚な進歩史観によって抑圧すれば、個の尊厳と自由は奪われる。しかし、小さな物語は、それを同じ水位でいくら積み上げても歴史に立ち向かうことはできない。日常世界と観念世界との決別をするほどの転換期の意識をもつ（ヘーゲル的命題）には、歴史意識との格闘が不可欠となるが、物語を物語っているだけでは、内向きになった個や神話の普遍性は、その格闘に耐えられない。

イスラエルでの村上演説がふと頭をかすめ、『1Q84』を読む必要が生じてきた。

説話的イデオロギー――〃おはなし〃の読み手はどこに

人には、それぞれ好みに合った物語がある。または持ちたがる。

その好みが異常に昂じると、何事にもさまざまな物語があるはずなのに、嫌いな物語は視野から排除される。日常世界では、その嗜好性が大概は許されている。

そこで、「あらゆるものは、一つの物語にすぎない」と言い放つ場合、そこには「あらゆるものは虚構にすぎない」という隠喩も隠されている。神話、寓話、童話、伝奇譚などでは、それが〃おはなし〃の範囲を超えていなければ、それでよいのかもしれない。ところが、その説話の因果律が現代世界に〃代入〃されてくる時、われわれはその虚構性の認識が薄れがちになるような〃空気〃に曝されることもある。

緩やかな〃おはなし〃であろうが、堅固なイデオロギーであろうが、ありもしない虚構の物語への羨望や帰依は、一種の自己救済であり、時に熱狂となることもあるからだ。

二〇世紀の終わり頃から、「歴史の終わり」とか、「イデオロギーの終焉」とかいわれて久しい。その後のポストモダンの時代と兆候は、マルクス主義が副次的に保有していたユートピア思想・願望が凋落《ちょうらく》してから始まった。手短にいってしまえば、教条主義的なマルクス主義に代表される、発展段階的進化主義の敗北の結果であった。

そして、入れ替わるように、フランスを震源地とするいわゆる「現代思想」は、あれこれの思想の現代版のことではなく、いつの間にか、ポストモダン以後の哲学・文学批評の読解・解釈学となって、一部のジャーナリズムを席捲している。

確かに、グローバル化した世界経済の行く末を根拠づける原理、そしてそれを肉付けする大きな物語が存在しなくなったことに照応して、内向きになった私的な原子化を深める自分だけの、小さな物語の手触りに耽《ふけ》る嗜好が広がっている。自分深しの旅でアイデンティティを求めて仮想現実に引き込まれていく風潮は、従来型の理論では御《ぎょ》しがたい。

グランドセオリーとかグランドデザインとかは、自覚的に理性の自由を発動する壮大なトレンドの文脈の上でしか実効性はない。比喩的にいえば、ソ連邦と社会主義圏の自壊がそのことを反証した。ただ、大きな物語は小さな物語を含むかもしれないにしても、だからといって、飛躍するような例だが、プレーゲームの物語が世界規模の時代思潮としてのイデオロギーの代用になるはずもないのに、キャラクターへの同一化、ワンフレーズポリティックスによる煽動など、口当たりのよい食品のように、小さな物語の擬似イデオロギーが、単なる消費財として出回っているだけでよいはずもない。

ところで、今さらと思いつつ、いわゆる「ゼロ年代」の思想と心情の理解不足を反省する気持ちを込めて、大塚英志『物語消滅論』（角川ＯＮＥ）、佐々木敦『ニッポンの思想』（講談社新書）などを読んでみた。やはり、戸惑いと違和感に襲われ、時として頭が混乱することもあった。しかし、「現代思想」の現状に反発しつつも、妙な気分で納得してしまった。

「大きな物語」どころか「小さな物語」さえ、説話文法にとどまり、イデオロギーのマニュアル化、低年齢（ＳＦ）化に向かっているのを複雑な思いで知ることになった。

「大きな物語」の終わり方について――ポストモダンの妖怪

何か論理《わけ》のわからないキャラクター妖怪が跋扈、乱舞している。〝共産主義〟という妖怪がヨーロッパに登場したのは、一八四七年だった。一九九〇年には、ベルリンの壁が崩壊し、いつの間にか脱線していた「大きな物語」も、事実上完全に転覆して終焉を迎えていた。

しかし、この「大きな物語」は、近代社会の終焉という意味では、それ以前から徐々に自滅の道を辿っていた。このことは、別名〝ポストモダン〟の時代とも称された。

ところが、今頃になって、帝政ロシア末期、ロシア革命前夜に生きた作家の作品に人々の眼が注がれている。佐藤優は、亀山郁夫との対論の中で、『カラマーゾフの兄弟』の翻訳は、「大きな物語」の回復に向けての作業である、と位置づけた。そのような帰結を迎えるかどうかを別にして、佐藤がポストモダンの知識人に向けた批判は、完膚なきまでに手厳しく、答えの見つからない今の時代を見事に言い当てている。

「知識人というものは本来、制度化されたアカデミズムの中で知的な訓練を受けて、『物語』をつくる機能が社会の役割として期待されてきたはずなのに、ポストモダンの知識人はその役割を放棄して知的に面白いことに戯れている」（亀山郁夫＋佐藤優『ロシア　闇と魂の国家』文春新書　二〇八頁）

どうして、このような事態が生じたか、また、私の場合に免罪となるかどうかの判断は、ここでは留保しておきたい。亀山の答えは、〝差異〟ばかりが問題になって物語を回復する力を失い〝砂漠〟になった、というものだった。

ポストモダンとは、平たく言えば、近代的精神にもとづく主体が形作る歴史の後にくる社会を意味している。皮肉なことに、近代化が遅れていた社会ほど、近代的な人間観が浸透していないために、足飛びするように、ポストモダン化に馴染んでいく適応力をもっているともいわれる。この点に着目して、いわゆる「オタク系文化」の深層を解明している東浩紀は、「アメリカ産の材料で作られた疑似日本」のスノビズムを鋭く皮肉った。そして、アニメやゲームの中で繰り広げられる虚構の世界で、壊れていく「大きな物語」が補填され、さらには「物語」自体もキャラクターの氾濫によって「非物語」化しているという（東浩紀『動物化するポストモダン』講談社現代新書　二八〜四四頁参照）。

このオタク系文化をもっともオタクたらしめているのが、キャラクター〝萌え〟現象であるらしいが、〝アキバ〟や〝コミケ〟の風俗などとともに、昭和一桁世代の〝時代おくれ〟（の私）は、救われ難く拒絶反応を起こす。「大きな物語」どころか、「小さな物語」さえも必要がなくなっている弛緩し浮遊する映像と記号の世界、そこでは、情報の受け手が勝手に自分の欲望を自己消費できる検索エンジンに、すべてのかかわりを埋没させつつある。

「われわれは弛緩の時代にいる」という書き出しで始まるリオタールの『こどもたちに語るポストモダン』（ちくま学芸文庫）は、「物語」自体の凋落までも暗示してしまった。

〝こどもたち〟とは次世代、次々世代のことだが、〝おとな〟たちでさえ弛緩どころではなく、〝妖怪〟に追われて〝溶解〟しかかっているではないか。

1Q89の深海部が見えてくる

どうしても思い出せない。それとも、覚えようとしなかったのか。

私が成人した時、二〇年前の一九三四年がどのような年であったかについて、記憶があるはずはない。

私は、いわゆる「昭和史」の文脈全体に興味をもってから、一九三〇年代という特殊な時代に生まれていることの深い意味を、ようやく考え始めた。

遅きに失して、昭和の時代がすでに終わっていた。

人は、二〇歳に達した時、二〇年前に生を得た年の出来事を自ら調べるのだろうか。

溥儀が満州国皇帝に、ヒンデンブルク独大統領没、ヒトラーが首相と大統領を兼任、戸坂潤法政大免職、留岡幸助没、竹久夢路没、キュリー放射能発見など、今になって年表から拾ってみて、不思議な感覚に陥ったりする。私が生まれる前の年に、宮沢賢治が没しているので、ある宴会で「私はその生まれ変わりであったとしたら……」などという不見識な冗談を飛ばしたこともあったが、もちろん誰からも笑いを取れなかった。

それに比べれば、今の成人年齢前後の人は、一九八九年の歴史的意味について否応なく考えざるをえないほど、今日的な問題の衝撃と情報の嵐に取り囲まれているはずだ。恵まれているというか、強い負荷がかかりすぎて、その衝撃に圧倒されているかもしれない。

なかでも、歴史としての一九八九年の象徴は、ベルリンの壁の崩壊と東欧革命であった。壁の崩壊は、ソ連型の社会主義敗北の代名詞でもあるが、二大体制の崩壊はグローバリゼーションの本格化であり、またフランシス・フクヤマがいう「歴史の終わり」どころか、資本主義の終わりの始まりでさえあった。象徴的だったといえようか、わが国の一九八九年は、昭和天皇没（〝崩御〟）で始まった。

そのほか、ホメイニ、サハロフ、開高健、カラヤン、美空ひばりも世を去った。この物故者六名の間に特別の関係はない。『朝日ジャーナル別冊　1989-2009』では、「1989年の風景」として物故者二〇名を挙げているうちの6名だけを抜き出してみたにすぎない。

世紀を跨ぐ二〇年間に関して、「二〇世紀は、一九一四年に始まり、一九八九年をもって終わった」というような、立場の偏った説もあるが、その後の二〇年は、民族紛争と国境・宗教の問題が絡んだテロと戦争の時代に移った。そして「九・一一」以後、アメリカ一極支配の泥沼に嵌まったまま、金融崩壊としてのリーマン・ショックは、資本主義の終わりを告げたかのような未曾有の危機を顕わにして、〝一九八九〟の二〇年後の二〇〇九年になだれ込んだのである。

意味不明のような表題の「1Q89」は、村上春樹の『1Q84』のパロディ化ではない。実は、ここには「四つの八九年」の問題提起から得た重要なヒントを潜ませた。（樋口陽一ほか『共和国はグローバル化を超えられるか』平凡社新書参照）。国家と国民主権をめぐる、イギリス「権利章典」（一六八九年）、フランス革命（一七八九年）、「大日本帝国憲法」発布（一八八九年）、ベルリンの壁の崩壊と昭和の終焉（一九八九年）の〝八九〟を並べると、至近の二〇年スパンを超えて、王政、立憲君主、一党独裁、共和制（反動としての〝復古〟）の底知れぬ深海部が見えてくる。

〝劇薬〟抜きの、国民主権による国民国家の政治的統一性など、あり得るのだろうか。

毒と地獄の扉——二〇〇九年初頭のマインド

いくら私でも、株式市況の値動きに眼を向けることはあるが、株を買ったことはない。競馬の馬券や宝くじも買ったことはないし、年賀状の抽選番号を調べたことさえない。確率計算が苦手ということもあるが、本当のところは、自分に回ってくる〝運〟というものをまったく信用していないからだ、と自分では納得している。ただ、このような面白味のない人種は、当代では稀有な存在らしい。だから、いわゆる401k的な人生設計をしようともしない生き方は、自己管理能力が乏しいのだ、と言われても仕方ないのかもしれない。

そう言いながら、まだ投資ブーム真っ盛りの時期に、妙な本を衝動的に買ってきて読んだことがあった。表紙の帯には、「ウォール街のプロが顧客に最も読ませたくない本」とあった。投資の世界は、私にとっては神秘な別世界としか映らないので、その心性の内側について、暇にまかせた愚かな好奇心から、ちょっと覗いてみたくなったのである。

日本語の書名は、なんと『まぐれ』(ダイヤモンド社)、原題〝Fooled by Randomness〟(Nassim N. Taleb)は、直訳すれば〝不規則性に騙される〟となるが、〝まぐれ〟とは実に巧い訳である。

この著者は、投資に高度な数学を駆使するような、今時の典型的なデリバティブのトレーダーであり、いわゆる〝モンテカルロ・シミュレーター〟中毒にもなった実績をもつ人であった。ただ、タレブは、株価チャートとか統計的推計とかをほとんど信じていない。彼が重視しているのは、滅多に起きない稀な事象に賭けて儲けるという手法である。

しかし、ジョージ・ソロスの後塵を拝して、カール・ポパーにも私淑しているらしく、高尚（sophisticated）で教養豊かな懐疑論者である。この〝へそまがり〟ともいうべき投資家をも裏切ったに違いないのが、信用収縮連鎖を生んだ大規模な詐欺のような金融派生商品によるデフォルト、結果としてのグローバル恐慌（金融と実体経済の世界的負の連鎖）であった。悪質な詐欺まがいの手法でありながら、底辺が広すぎて犯人を特定しにくい常態化によって、滅多に起きない事象についての判断の限界を超えてしまうことが起こる。

もはや、ポパーが説く〝反証可能性〟のレベルの問題ではない。

規制の外側にあった投資と投機の世界は、いわば〝闇〟経済と同じだ、といわれる。サブプライム関連証券化商品には、トキシック・ペーパー（toxic paper）「有毒証券」が紛れ込んでいた。世界で通用する法的に信頼できる書類（〝紙〟）の毒性が強ければ、金融商品の信頼性は劣化し、市場は混乱しパニックを引き起こす。ペルーの経済学者エルナンド・デソドが、「信用の担い手が信頼を回復できるのは、マネーではなく紙だ」（"News Week" 日本版 二〇〇九年三月四日付 二二頁）と警告するほど、有毒証券は各国政府施策の裏をかいくぐっている。この毒が私の体内に直に入ってこないにせよ、身の回りは汚染物質に侵食された。

辛口批評で名高い浜矩子《のりこ》は、「金融の一人歩きが暴走すれば地獄の扉が開く」（『グローバル恐慌』岩波新書 七八頁）という。比喩が適切かどうかはともかく、崖淵から何度も落ちたことはあっても、開いた〝地獄の扉〟の内側がどんなものかを、私は知らない。

“THE GREAT CRASH 1929”

恐慌は、金融資本主義の下で必然的に起こる経済循環の結果にすぎないのか、それとも無能な政治家の無責任きわまる規制措置の回避と放棄の結果なのか。どちらか片方だけでは正しくない。多分、双方のプロセスが複合的に同期した所産である。

ガルブレイスの“THE GREAT CRASH 1929”（『大暴落1929』日経BP社）は、一九五五年に出版され、一時はベストセラーとなったが、すぐ巷から消えた。ある日、ニューヨークの空港の小さな本屋で、彼は自分の本が見つからないので訊ねたところ、「墜落《クラッシュ》ですって。そんな本を空港で売るはず、ないでしょ」（二一頁）と、女店主にいわれた。要するに、本の存在自体が、忘れられてしまっていたのである。

この本は、不況が始まると、いつでも若干は売れる本だといわれてきた。ただし、本当に正しく読み継がれてきたかどうは疑問である。二度と同じことは起こらないはずだと信じたい第二次世界大戦前夜の「物語」として、大概は本棚の奥で冬眠しているに違いない。

いわゆる〝リーマン・ショック〟後の金融危機は〝一〇〇年に一度〟と名づけられもしたが、世界大恐慌は、八〇年前の資本主義の体制的危機であった。その時代にも、住宅サブプライム・ローンのような、規制外証券化手法の原型であろうか、ブローカーズ（コール）・ローンとか倍々投機ゲームのレバレッジの仕掛けが既にあって、ガルブレイスは、微に入り細をうがつ、手順の詳しい説明に頁を費やしている。〝歴史に学ぶ〟というほどに大袈裟でなくとも、〝失敗に学ぶ〟くらいのことは、何年後であっても、同じ兆候が現れたら有能な政治家なら気づくはずであった。

この本の特徴は、巨大なクラッシュの数値的な記述よりも、破局に至るまでの政治家や金融担当者の無責任と困惑と無能力、そして欺瞞の問題に照準が向けられている（と私は思う）。第二次世界大戦に道を明けた、アメリカ発の破局がもたらした保護主義的世界の分裂を予期できなくても、恐慌の悪夢は未然に防げた（あるいは最小限に抑えられた）かもしれない、という教訓に満ちている。しかし、ガルブレイスは、この世にはもういない。それどころか、この人の名を知っている人さえ少なくなってしまった。

投資ブームが信用の墓掘りを招き、恐慌が大恐慌の破局に向かっていく一〇年間の経過には、さまざまな複合的な要素が絡む。ガルブレイスが、原因と結果について取り上げる五項目（所得分配、企業構造、銀行システム、対外収支、専門家の経済知識）の論点は、今日のレベルとは異なるが、所得分配と企業構造には余りにも共通の要素が多い。ただ、「将来は予測可能だと思い上がった人ほど悲惨な末路をたどった」（三〇一頁）といいながら、その後の規制システム、税制改善、社会保障、失業保険などを挙げて、やや楽観的な空気を帯びた警告にとどめたのは、政治イデオロギーの保守への回帰を読み違えたのだろうか。

不謹慎なようだが、一九六〇年代なら、この本は面白がって読んで済ましていてよかったのかもしれない。実際に、私もそのような読み方をして納得していた。二度とこんなことを繰り返すほど、人間は愚かではないと、思い違いをしていたからだ。

物語の崩壊と瓢逸《ひょういつ》

私は、日々〝閑居〟の状態である。物語などあろうはずがない。

現役を引退してから、何らの社会的役割をとらず、自分だけの肉体のリハビリに明け暮れている状態を〝瓢逸《ひょういつ》〟というならば、それも一つのささやかな〝終わり〟である。

瓢逸とは、世の中の動きとかかわりなく、それを気にもせず、呑気に日々を何食わぬ顔で、自作自演の時空を棲家として、何事をもやりすごしている状態をいう。似たような意味に近い〝瘋癲《ふうてん》〟、隠遁、恬然《てんぜん》などと比べても、何一つ主張らしいものを欠いている小さな抜け殻のようにしか見えない分だけ、罪障感もともなった状態といえなくもない。

しかし、ここまであからさまに〝閑居〟を言い直してみると、自分でも背筋に衝撃が走るのを禁じえない。〝閑居〟に甘んじていることに耐えられるどうか。就中《なかんずく》、〝瓢逸〟の状態でありながらも、その裏の奥底で捉えどころのない〝焦燥〟にも付きまとわれる。ここには、いろいろな意味での物語の〝崩壊〟が、おそらく絡んでいるかもしれない。

「二十世紀という時代は、まさしく、〝物語〟の不可欠と不可能とを同時に露わにする時代であったといえる。そこに生起した破壊と消滅は、しばしば物語能力を超えて忘却へ誘うほどのものであり、出来事はときに理解力を粉々に砕く表象不能なものとして現れた」

この引用文は、市村弘正『敗北の二十世紀』（ちくま学芸文庫）を巻末で評した熊野純彦の解説の一部

（二一六頁）である。全体として、ハンナ・アレントの二〇世紀政治思想史をめぐる難題に関係した論説なので、私的レベルに持ち込んで引用するには、必ずしも適切ではない。

しかし、私は二〇世紀後半に生きてきた。その二〇世紀が終わらないうちに、わが国特有の区切りとしての〝昭和〟が終わってしまい、〝忘却〟という悪魔に襲われそうになっている。ベルリンの壁が崩れ、新自由主義の暴走が放置され、挙句の果てに金融帝国主義の自滅的な崩壊やテロリズムの横行を舞台装置にして、二一世紀の始まりの祝祭もしくは破局を二〇世紀の後始末という形で演出しなければならない人たちがいる。私だけでなく、すべての人たちが、不本意でも〝政治的人間〟であらざるをえなくなっている。

そんな時の〝瓢逸〟などが、ありうるのだろうか。歴史というものは、始まってから終わりが見えるのか、それとも、終わってから始まりが見えるものなのか。アレントは、「新しい〝はじまり〟は、終りの自動的な帰結ではない」、という。「古い秩序の終りと新しい秩序のはじまりのあいだにある裂け目」に日付をつけるには、人間の想像力に、よほどのリアリティを与えなければならないというテーマは、私には深刻すぎる（ハンナ・アレント『革命について』ちくま学芸文庫　三二七〜三二八頁参照）。

〝明治維新〟は革命であった。〝太平洋戦争敗戦〟も革命であった。二〇世紀の革命の観念はロシア革命をモデルとしたために、概念の絶対化に陥った。天体の周期的な回転にすぎなかったという〝革命〟の古典ラテン語の意味にまで遡る必要もあるまいが、革命には必ず〝復古〟の意味が暗喩されるというアレントの指摘には、ドキリとさせられる。

時代の物語が読みとれない間は、自分の座標に物語を据えることができない。

『高澤武司遺稿集　鄙の礫』発刊に寄せて

日本社会事業大学　研究科二十三期卒　井口　勝督

明治学院大学教授の岡本多喜子先生から、高澤武司先生の遺稿集を夫人のみわ様がまとめられ、出版することになったので、あとがきを書いてほしいという依頼を受けました。

弊社では毎年お客様にチューリップの球根を差し上げており、高澤先生にお届けしたところ「柄にもなく僕はチューリップが好きなんだ」とはがきをいただき、その後は毎年恒例となりました。そして春になると高澤先生からはがきや写真をいただくようになりました。

『孤を超えて　貧と病と学の余録』（二〇〇七年一一月　新宿書房）を出版された折は、友人たちへのプレゼントとして結構まとめ買いをして先生に喜んでいただきました。

それでつい調子にのって、はがきに「先生、次はいつ本をお出しになるのですか」と書くようになりました。ある時、先生から封書が届き、今まで書かれた文章のタイトルのリストが入っていました。手紙ではどこかの出版社で出してほしいとのことでした。しかし先生の難解な本を出してくれる出版社を探すのは難しいと思い、友人たちに内容を選んで冊子のような形で出せないかと持ちかけましたが、返事は来ませんでした。先生に私の考えをお伝えしたところ、「それは私の本意ではない」というはがきをいただき、リストをお返ししました。

先日、奥様をお尋ねした折、その話に内容が及び、「先生のプライドが許さなかったのですね」と申し上げたところ、「私もそう思います」とおっしゃっていました。そのような事情で世に出なかった本が、このたび奥様の決断で『高澤武司遺稿集　鄙の礫』として発刊されることになりました。

この本は『孤を超えて　貧と病と学の余録』の出版後から、二〇一一年三月一一日以前までに書かれたものです。岩手県盛岡市小鳥沢のご自宅での生活の中で、高澤先生が何を考えていらしたかを垣間見せてくれるもので、昔の学生にとっては魅力ある内容となっています。先生の専門書に比べるとやさしい文章ですが、内容は相変わらず難しいものとなっています。そこが高澤先生らしさでしょう。まるで高澤先生が話されているような錯覚をおぼえます。

なお発刊に際しては浴風会理事長でいらっしゃる京極高宣先生から中央法規出版のご紹介いただきました。京極理事長をはじめ、中央法規出版の池田正孝部長、野池隆幸様のお力をいただいたことを心より感謝申し上げます。

（株式会社　京二　代表取締役会長）

著者略歴

高澤武司（たかさわ　たけし）

1934年6月4日　東京田端に生まれる
1961年3月　日本社会事業大学社会福祉学部　卒業
1963年3月　東京都立大学大学院社会科学研究科　修士課程修了
1962年4月　日本社会事業大学社会事業研究所　助手
その後、講師、助教授、教授、大学院研究科長、図書館長、常務理事を歴任
1998年3月　日本社会事業大学教授、同大学院教授　退職（名誉教授）
1998年4月　岩手県立大学社会福祉学部　教授
その後、学部長、大学院研究科長を歴任
2006年9月　岩手県立大学を病気のため退職
2015年5月7日　逝去　享年80歳

〔主　著〕

『過渡期の社会福祉状況』ミネルヴァ書房　1973年
『社会福祉の管理構造〈存在と自己実現〉を制約する権力と組織の開放のために』ミネルヴァ書房　1976年
『社会福祉のミクロとマクロの間　福祉サービス供給体制の諸問題』川島書店　1985年
『現代福祉システム論　最適化の条件を求めて』有斐閣　2000年
『福祉パラダイムの危機と転換』中央法規出版　2005年
『孤を超えて　貧と病と学の余録』新宿書房　2007年

〔共　著〕

『集団就職　その追跡研究』小川利夫共編著　明治図書出版　1967年
『社会福祉』小松源助共著　医学書院　1968年
『児童福祉法50講』佐藤進共編　有斐閣　1976年
『社会福祉の歴史　政策と運動の展開』右田紀久恵・古川孝順共編　有斐閣　1977年
『福祉における危機管理　阪神・淡路大震災に学ぶ』加藤彰彦共編　有斐閣　1998年

〔翻　訳〕

K・ジャッジ『福祉サービスと財政　政策決定過程と費用徴収』共訳　川島書店　1984年

高澤武司遺稿集

鄙《ひな》の礫《つぶて》

◆◆◆

2016年　5月7日　発行

著者

高澤　武司

発行者

荘村　明彦

発行所

中央法規出版株式会社

〒110-0016　東京都台東区台東3-29-1　中央法規ビル
営　　業　TEL 03-3834-5817　FAX 03-3837-8037
書店窓口　TEL 03-3834-5815　FAX 03-3837-8035
編　　集　TEL 03-3834-5812　FAX 03-3837-8032
http://www.chuohoki.co.jp/

印刷・製本

株式会社 高山

定価はカバーに表示してあります。

ISBN978-4-8058-5364-1